君情目送天涯时，吾愿合意舞拓枝。
渡我人间仙境恋，遇君往来冬夏秋。

——《我们总以为的夏天是漫长的》

摄影 / 夏弃疾
模特 / 阿玄

和你在一起，是距离我最遥远的一件事。

——《论及一个遥远的恋人》

摄影 / 夏弃疾
模特 / 奈奈

月光下，火光冲天，山林跟
着回旋起来，
直到时间成翡，来生便播种
在这片青翠的梦境中。
——《夏天，远端的原点》

摄影 / 夏弃疾
模特 / 奈奈

他们本以为自己认识了世界的全部，其实只看到了它的面目。

——《夏天，缘来》

摄影 / 杨龙
模特 / 王希翀

能够躲避肉体灾难的办法，就是去创造新鲜的东西。

——《也许是最初的决定，改变了你我》

摄影 / 金曲

模特 / 王希翀

爱不能永恒，因为我们的存在是有限的。但，每一次真实的触感和歇斯底里、精疲力竭，让爱成了某种闪耀在生命图景里的东西。和灯塔一样，指引着记忆的航道、纪念着每一次精神的存亡。

——《把我带到最孤独的云彩上》

摄影 / 杨龙
模特 / 王希翀

它占据着那些它尚未告诉我的，那些它试图帮我挽回却又无从安置的故事，并以此为乐。

——《当你把影子和梦忘掉时》

摄影 / 金曲
模特 / 王希翀

我的时间里住过你

王希翀 著

中信出版集团 · 北京

图书在版编目（CIP）数据

我的时间里住过你 / 王希翀著. -- 北京：中信出版社，2018.4

ISBN 978-7-5086-8130-6

Ⅰ.①我… Ⅱ.①王… Ⅲ.①小说集－中国－当代 Ⅳ.①I247

中国版本图书馆 CIP 数据核字（2017）第 216391 号

我的时间里住过你

著　　者：王希翀
出版发行：中信出版集团股份有限公司
（北京市朝阳区惠新东街甲 4 号富盛大厦 2 座　邮编　100029）
承 印 者：北京嘉业印刷厂

开　　本：880mm×1230mm　1/32　　印　　张：9　　字　　数：180 千字
版　　次：2018 年 4 月第 1 版　　印　　次：2018 年 4 月第 1 次印刷
广告经营许可证：京朝工商广字第 8087 号
书　　号：ISBN 978-7-5086-8130-6
定　　价：39.80 元

服务热线：400-600-8099
投稿邮箱：author@citicpub.com

目录

摄影 / 杨龙
模特 / 王希翀

心中最沉默的明亮

刘川鄂

生命中会发生很多奇怪的事，它们在记忆的隧道里闪闪发光，像是拥有独立生命的喜悦，常常不分场合地找到你，像太阳总在你看不见它的时候升起来那样，这喜悦也总是猝不及防地就把你推到光天化日之下，让你在某个瞬间可以和任何人化干戈为玉帛。与谅解无关，与宽容无关，你只不过是找补了美，所以你快乐，因为不应该。以美的名义，你可以为所欲为，到底美让你相信所做的事情都是对的，至少都是可以被原谅的，至少都能让你和他们的悲伤在烟波浩渺的空旷中孤注一掷，相依为命。美的前仆后继，不是生命的装饰，而是力量的源头。可是，你知道的，花开有时，谢亦有时，万物有时。怀抱有时，生死有时，聚散有时。美一旦到了极处，亦成苍凉。

这就是王希翀藏在此书中的秘密。这就是他最深的秘密——美。或许他曾经把它埋在某个岁月深处的荒冢，然后以它为起点开始拼命地往前跑，拼命地跑，他不知道自己跑了多久，反正那因为奔跑而带起来的急速的风声已经永远地存在于他的梦境里，和他的灵魂消磨延宕，他一闭上眼睛就能听到它们。长夜是金色的针，刺破夏天每团沸腾的烦热难耐，他的敏感，自由，不妥协，一点一滴地滑落。他的故事没有欲盖弥彰的轮廓，闲散便是天才的理想。书中的语言一句句地出现，再一句句地消失。随时都是末日。文字的质地需要灵魂的重量。他就这么看着一吻即逝的欢愉在人间轻盈地舞跃，辗转了一寸又一寸瑟缩的皮肤，擦过一个又一个人的肩头，像是看一出戏，人与人之间没有一线生机可以不落窠臼。过去他倒还看得热泪盈眶，而今渐渐面目从容，只是决意做曲终人散时最后一个离开的人。为了取得与世界之间的真实联系，他学会长时间地观察它，如同观察一棵无人采摘的果树，观测漫天默默变幻中的云团。毫无疑问，他是一个同等属性的自顾自纵横纠葛的男子。直到那一天，他突然觉察到，自己在天圆地方的无涯里狂奔出的这条路，绕成了美的形状。

在城市浑浊的黄昏里，总能让人怀想长日清淡、寒宵兀坐的时光。院子有井，舀一瓢月淡水清，一口饮下翠影群岫，是句湮没于古老时代的梵语。王希翀只觉得一切美好都得肆行无碍地匍匐过困顿——在风景如画的深山穿行，而那个你爱的人，就在身旁。那么多次站在山顶俯瞰云彩，习风阵阵，天地杳杳，你望着他的侧脸，他的睫毛就像华丽而伤感的威尼斯。于是，你想就此与他一生一世——你也真的一度认为你们就此会一生一世了。而且这点美，足够你们过一辈子。昼长苦夜短，何不秉烛游？王希翀像个天涯沦落客，不言明，只是想通过破绽百出的心情执拗地将美灌进每个人的瞳仁，他看得那么深，目光那么逼迫，不肯退让。那些靠近他的人，和他肌肤相亲的人，和他彼此拥抱和倾诉的人，和他一起观望隔岸烟火的人，他们的灵魂是他过河的石头，他曾在跋涉美的过程中锻造停留。之后，他又不断地寻找，不断地丢弃，不断地离开。

看王希翀的书，像坐在乌篷船里听雨声淅沥，昏天黑地，经宿未眠，天明已至渡口。在这里一切都缓慢下来。思维，生活的节奏。没有干扰，你逐渐回到一种清冽的美里去，对着莽然江山，对着无垠天空——与自己对话。当你停止忙碌，挥别喧嚣，告别偏见，和另一个自己汇合，看似孤立无援的走向，思维会得以舒展，越来越明晰，内心也会因放松而重现生机。你在四面楚歌中需要一点温暖的美的回忆。这是你的生命。王希翀是一位战战兢兢的记录者，他始终保持着一颗敬畏之心，对阳光，对美，对痛楚。写，是为了缭绕于人的种种美。有一些美，出他口入你耳才叫熨帖，入了别人口，经了别人手，总是沾口水，带了尘。他记下这些故事给你，业已成全了他。他原本支离破碎的情绪，飞短流长参差不齐，却因你而凝聚重生。这美如一闪而过的惊鸿，再也没有回来过，世间男女置若罔闻。邂逅一个人，眼波流转微笑蔓延，暗自心动；邂逅一本好书，如同在春之暮野。风为裳，水为佩，油壁香车终相逢。在他故事美好的架构中，只有通往花好月圆的伟大结局。不然，月朗星稀也行。凡事牵涉到美的授受上，他者难以为继，即使不整饬肃穆，也能走到天荒地老。生命是一条河流，静缓，深阔，恒无止息。它属于存在于世的所有生灵，千沟万壑，终了时，殊途同归。于粉褪花残的哀徊之中，骤然领会到老去的欢欣。欢欣是因为，当你老的时候，看见美，还在身边。

夏色瘫软，就在这死市，你困惫失眠，夜色磅礴，言语似夜行车，无声地，航过你的七月窗。你说未来的墓地有夜来香，那里尽有苍绿。在王希翀用故事和音乐发酵出的有声有色的多维空间里，你或许会感到时间在其中变得悠长，像永生的童年，你相当快乐地度日如年。美的可能性无穷无尽，是个金色的沙漠，但又浩浩荡荡一无所有。只有嘹亮的音乐，过去未来重门一道一道訇然中开，门后被拘禁在窗里的寂静与阳光整日在房内盈涌，点点灰尘飘飘扬扬。阅读的奇妙赏味大概只能是这样。你在作者惊涛骇浪的金色梦河上划船，随时可以上岸。昨日已旧，来日全非。所有长的东西都会变成蛇。如此，生活中某些短而无救的美才深入骨髓，令人怀念。绝不苟延残喘。

夏日之夜，有如苦竹，竹细节密，顷刻之间，随即天明。让王希翀带你进入美，带你去内心中最沉默的明亮所在吧。

序言

总感觉这个世界缺失很多种表达美的方式。这本书正是为寻找这些遗失的东西而做出的努力。

也许是个意外吧，近来读了两本薛爱华的书——《朱雀》和《撒马尔罕的金桃》。这两本书对有唐一代的西域风物和南方生活做了精美详尽的图解，除了让我了解更多唐人的生活细节之外，还唤起了我对唐诗的记忆。记得初高中时，自己曾为语文考试疯狂背过一阵唐诗。那时为了答题过于咬文嚼字了。现在呢，唐诗为薛爱华进行历史解析提供了一部分依据，所以在历史著作中，成了绝对美的化身。能相信吗？韦应物、刘禹锡的一两句诗词竟拥有巨大的情感容量。李商隐的神仙气又总能鬼使神差地给我们展现绝望中的半点星辰。这些都是让我们望尘莫及的。现代人缺乏将情感诉诸语言方面的体验。他们追求话语的时效性和功能性，不愿展现语言之美。他们情愿说爱情是滚床单、是游戏，也不愿说驿寄梅花之类的雅喻。当然，这也不能怪他们。生活在这样的滚滚红尘中，没人能轻易停下来，也很难有人，像我的好友韩晗那样，与自己的妻子保持书信交流的习惯。这是诗人的遗风，也成了很多平凡人不想涉足的山峰。

我也不想用一本书改变什么。可是，书里有一组关于夏天的故事，却是我对于古风之美的思慕。唐代是第一个故事的时代背景。写作的时候，我在想，我究竟怎样把你们带入一片真实的长安月下呢？像祝勇先生写明朝那样，把人物装进细小的历史事件和细节中？去想象水妖的一天，跟去想自己某位朋友的一天一样。这还不够啊，还要拥有同理心，给自己一副水妖的灵魂。她是如何表达爱的，她迷恋、害怕什么，信仰什么，她的情感根源……这些是我必须要体会的。把心装到人物的体内，又透过她的感官世界，进入被诗歌包围的世界及被世界包围的诗歌。

接下来就是民国了。对我们来说，这个时代亲切多了。毕竟我们身边一定还有些长寿的老者是从那个时代走过来的人。他们背负了很多，因此记忆犹新，甚至说起八九十年前的童年，还滔滔不绝。也许是近来如杨绛先生、周小燕先生、李佩先生这样的民国才女的相继离去，让我着意翻了翻她们曾经的珍贵视频和照片。现代世界唯一的便利就是信息搜集的便捷。我用鼠标配合着键盘，翻寻着她们的千姿百态跟翻自家人的影集一样容易。可是，注意到她们的言语方式后，我慢了下来，不禁把手从鼠标上缩了回来。我听她们像读诗一样的讲座，她们如蜿蜒的小溪，给我们这些有棱有角、了无意趣的磐石，洗了耳朵和心。我猜，这也许就跟那个年代的气质有关吧。两个时代的差距，也许就在于此时认为美是受教育的标志，而彼时之美却是一句押韵的情文、一句最常见的关爱。

所以，第六个故事，也就是我对现代之美的期盼。用了《我们总以为的夏天是漫长的》这个标题，是觉得美的东西不应该藏着掖着。就算是遥远的时空也阻隔不了彼此爱慕的恋人。

最后谈谈小说架构。我也不知道该怎么把道理说得生动。在大学讲创意写作课时，我会说，谈架构应该是读者的事，如果哪个作家在序言里扯到架构，那他一定想标榜自己。他一定是个控制狂，想让读者在拟定好的情节链条中找寻自己的影子。当然，还有另一个可能，他也许不希望读者迷路。跟错综复杂的生活本身一样，我们无时无刻不在生活的旋涡中旋转。我们和身边的人相会又失散，穿上今天的衣袍抖落昨天的雨，想着下一秒的未来。下一秒究竟会发生什么？这也许是整本书里所有人物时刻自问的。我尝试把一个个小于一秒的心情过程和甚至大于整个一生的生命历程同时呈现。我讨厌人们互相猜忌，所以时常给人物袒露真实内心的机会。我知道，这些不会让你们心烦，因为你们一定也想知道下一秒他会干吗，而一生的命运也许就包含在下个一秒中。

或许，你还不了解我，我是一个放大镜、一束打湿的花、一杯着火的茶……

2017 年 6 月 12 日夜

摄影 / 杨龙
模特 / 王希翀

也许是最初的决定，
改变了你我

（1）

在我们的生活中，总有些人会迷顿在回忆中，我们不愿接受他们的改变，继而选择一辈子不再与他们相见。但，要是真的再相见呢？

那天天刚亮，空气带着十月间独有的湿气香味，远处传来军事管制区的喇叭声。我正路过一棵棵早春栽下的新树，去火车站接一位老友。走到院子门口，一个披着件不合时宜的土色风衣的少年抓住了我的目光。他在等人，一副无精打采的样子，又像是刚从网吧里刷夜出来。他的衰弱，让我试了试自己的精气神。虽然，好多年我都没起过这么早了，但一想到接下来老友重逢的画面，我还是有些兴奋的。大不了中午补一觉。

说说我那十年未见的老友吧，大学同学，说交情呢，也就两年。但，我和他就像是那种只见一面就结了一生缘分的老拍档。2006 年年底，寝室被盗，我们共同破案，硬是一起制伏了在校外小吃街撞见的小偷。后来，我们一起张罗了寝室楼里第一家小卖部；2007 年暑假，我们又跑去一家餐馆做招待，喜欢上了同一个也是暑期勤工俭学的学姐。后来就在我们同时犹豫不决的时候，那女孩子跟了店里的厨师长。2008 年，我们坐在一起讨论把小卖部的收益拿去买点被子褥子捐给灾区的事。后来奥运会，他去北京当志愿者就说不回来了。他说他爱上了一个女孩儿，这回是彻彻底底地爱上了。他不回来了，陪她在北京，让青春褪色成老一辈口里的生活。

他就这样唐突地从我生活中消失了，当时觉得给他罗织一个重色轻友的罪名都算是便宜他了。然而，我并不怪他。谁没有过年轻气盛呢？更何况这样的决定不全是年轻气盛惹的祸，我甚至都能想到他痛下此决定时的场景。他一定暂时给自己关个禁闭。或者他让他的女人先睡，自己对着电脑屏幕猛刷了一夜 DOTA。直到手腕手指全都麻木了，烟灰烟屁股落得足够厚了，他才仰起脖子，接着扫视一眼室内的凌乱和女人的白皙。碰巧北京清晨第一缕光线从他身侧的纱帘混了进来。“是个好兆头，就这么定了！”

他决定留在北京后，我们还是会发发短信，通个话。只是不曾见面，但消息还是周转得来的，形势呢，约莫也能猜到。

谈得最多的还是他和那女人的事。她那时快三十了，大他足足有七岁。刚认识那会儿，他就说自己喜欢嫂子型的。丰满、知性，如果二者不可兼得，也至少能取其一。我笑他，恋爱中能够把一个小学妹塑造成你的理想型该多好。他说，他懒得塑造任何人，自己也不会被比他大的塑造，也许女人中只有嫂子型的才不会轻易想要改变一个人。果然，这个女人属于那一型。我登过他的空间，看到过他们的合影，怎么形容呢？她有点矮，鼻子很翘，我却不怀疑是整的，还有就是看上去就是个不简单的人。她穿得很职业，没有意淫的那群人想得那样低胸露骨——机场的地勤。他们的认识也很草根，就是他当志愿者的时候被安排去机场做接待翻译，主要协助询问处工作的她。起先，她不太喜欢他，在学校的时候他的个人主义就没少惹麻烦。而后，她应该喜欢上了他的英语发音，接待外宾，他总能给人一种宾至如归又绝不曲意逢迎的感觉。渐渐地，她和他越走越近。

直到有一天，他来到她的家。那天为了一班延误的航班弄到半夜一两点。他们饿得头晕目眩。大半夜的，从机场往城里去找夜宵摊不知道会熬到什么时候。第二天六点半又要回到机场。所以，她提议去她家下点面随便混混。她在机场边上租了一个 30 平方米的小房间。也许是太晚了，她不敢一个人回家吧。他们俩缩手缩脚地走在五环外的黑暗之中，路灯发出叹息，像是为扑过去的飞蛾的困境而哀悼。一栋栋小房子，像火柴盒似的在夜幕下一字排开。她就住在其中一栋的二楼。我猜这一路，他们说的更多的还是奥运会的事。这样的交流又很容易汇入一个安全的社交港湾，谈工作、谈亲人、谈未来、谈回忆……他们逐渐来到彼此的内心深处，情愿停留片刻，也不愿和内心的真实自我别过。

楼梯道的感应灯坏了，他心领神会地打开手机的电筒功能。就这样把光落在她的高跟鞋上，他觉得很有趣，就像在非洲的某个洞窟中追捕一只珍稀物种。经过了两次转向，他们终于来到了门前，他把手中的光束在她身前稳住。她说不必这么夸张，她已经练就在一片漆黑中用钥匙开门的本领。“每次我就倒数十秒，十秒后，门一准会开。灯就在内侧。”她边说边将手伸进门缝里。就在屋内的淡黄光线跳出的刹那，他发现她的目光在寻找他。那是一种温柔的询问，和乍现的灯光重遇家具轮廓时可能产生的疑惑一样，就好像在说，“我原来见过你吗？”“你是那个他吗？”

她在向他示弱。相遇于陌生的他乡，她无亲无故，却执着地将目光里的那层温柔留在眼中。就像在黑暗中锻炼开门的本领。她有些害怕，却习惯在害怕中锻炼勇气。但是，此时究竟要拥有多么大的勇气才能把一个男人带入房间？她不知道。他也是，那时的他还很愚钝，也没太想面前姐姐的心意，就粗鲁地推开了门。她原谅了他，替他从鞋架上取下了拖鞋，让他坐在沙发上少安毋躁。

屋内很拥挤，可折叠的衣柜、磨损的茶几、凌乱的电源线，还有一张收拾得齐整的床。她的生活就这样半公开地暴露在他的眼前。她则背对着他，在电磁炉上煮面，两个人沉默良久。

“其实，怕你会觉得我做得不好吃，所以……你先说。”

“一个人的生活还蛮……你说。”

他们几乎同时打开话匣，又同时停下。就像是一场共舞已在头脑中谋划起来，彼此因为还未适应对方而撞了步子。

“好了！赶紧吃吧！”

她转过身来端着热气腾腾的面，挪着碎步走进他。“有点烫哦，慢点。”

他还是持着那种愚钝和消夜的目的大开吃戒。也许他真的是饿了，也许他想以此表达对她的感谢。总之，他的吃相完全可能发生在任何一个地方：餐厅、走廊、大厅、机场，而不是她的家。这些在她眼里反倒让她更轻松了，她换了一双拖鞋，把披散的头发单手挽了一个髻。坐到了他身侧的椅子上。

“你不吃点吗？”

他的视线终于离开了碗沿儿，与她对视时，有点不好意思。

“不饿，看你吃就饱了。”

她笑着看他放下碗，一碗面他竟然一股脑下肚了。

“还要吗？”

“不不，我差不多了。抱歉，饿的时候总是这么不管不顾。”

他的手刚把筷子轻轻地搁在了碗上，就缩了回去。

“这样很好啊，饿了就吃，困了就睡，想干吗就去干吗。有时候，抛开一切才是最奢侈的信念。”

他咂摸了一下，仿佛是在回味她的话。她暂时不想讨论这么沉重的话题，调皮起来。

“玩个游戏吧，用一个词来形容自己，此时或者此生的状态。”

“Running from myself.”

他不假思索地说。她默记了一遍，像是在默读公式。

“虽然我的口语没你好，但是这句话我还是知道是什么意思的。‘自我逃避’吗？”

“不是，怎么可能。我那么乐观！”他一头靠在了沙发上。“就说你不知道吧，我想逃开我自己，那个自己太平静了，跟着所有人背诵同样的课文、重复着同样的工种。我原来在一部电影里看到过一句话，‘时间带走了一些人，也带来了一些人。它做梦也想不到，生生不息的竟是这些人类烦琐的事务。’”

“真是虚长你一轮啊。年纪轻轻竟然懂那么多。”

“深奥吗？道理其实很浅显。就是不喜欢重复很多人做的事罢了。”

他突然想到什么，猛然端起面前的碗，把剩下的面汤咕噜喝光。

“是不是没吃饱？我再给你……”

“我给你下碗面吧！”他说着起身走到了电磁炉前，只扫了一眼旁边的挂面条和七七八八的配料，就开始忙活起来。这次换她像个客人呆呆坐在沙发那儿。黄色的灯影像轮胎印，勾勒出灯罩的轮廓，他的背影刚好压在灯影的边缘。这使她一度觉得不真实，眼前的他很高大、又很飘忽。清汤寡水里点了几点催泪的胡椒面。

“我呢，之前和室友在寝室开了一个小卖部，冬天偷懒的时候，就把泡面和各种调料、火腿肠、鸡蛋啊弄在一起煮。搞个中式部队火锅！”

话音未落，他就把碗放在了她的面前，飘起的热气像是她刚刚梦幻的余烟。

“尝尝看吧！”

她端起碗，偷瞄了他一眼。她想记住此时他的模样，光影默契地配合着造出他转瞬即逝的模样：怪就怪茶几漫射的光，让他的眼睛变得很清秀，少了些男人气概。但他的高鼻梁却因为漫出这道光的影被浓重地凸显出来，甚至有了庄重的色彩。他的嘴角虚摆在光影间，使他像极一个犹豫着言辞的少年。她最喜欢他脖子右侧的痣，此时隐藏在了下巴挡住顶灯光线制造的阴影中，像他人生的傅科摆，他要挣脱那根牵引他的垂悬的线……

可以想象，那一晚持续了很久。我不以幻想别人的美事为乐趣，但也不想就此轻描淡写草草收笔。我可以透露的是——好像我真能看得一清二楚——他们枕着彼此的影子入睡，他还不敢搂她太紧，只是把手搭在她身侧。有一会儿，她把后背靠近他，这又让他燃起了久违的激情！那种可以不计较任何损失与后果的激情，才是初沐爱河的恋人心驰神往的。

第二天，他们醒得很早，几乎是同时。一夜之后的隔阂和失语也没有出现，他们反倒像在一起生活了很久。彼此熟悉对方的任何声响。比如，他的刷牙声、她的吹风机声、他打开电视机的声音、她系上制服领结的丝线摩擦声……好像有这些声音在，就足够了。好像有这些声音在，他们的节拍便从此不会失准。

接下来的半个月，他就住在她北京的房间里。

志愿者的工作随着奥运会的结束而结束，他们从全国各地而来，汇入北京的大街小巷。他们买口香糖、买烟、买门票，吃烤鸭、吃煎饼、吃外地人的亏，逛奥体、逛什刹海、逛淑女屋。Now，他们哪儿来就该回哪儿去了。因为这座城市到了继续独立运转的时期。而他，也就是那些选择留在这儿的人之一，要开始为这儿的运转付出生命中的美好时光了。在为城市生活做贡献的同时，给自己争取生存与想象的空间，才是搬来这座城市的关键。

（2）

我的思绪从钢架结构的火车站剥离。火车站如今很大，外观继承了歌剧院的，其中却没有值得人流连的美。我看到无限循环的人流，焦虑的换票者、严阵以待的特警，我看到斜挎礼仪带的志愿者、牵着行李的一家三口。还有那些我在接站口看不到的火车。它们隐藏在第二层，一列列或南或北，不断地带来希望和孤独。

我再次幻想他的样子，若不是时隔五年，突然联系我，我很有可能不再提起他。我也奇怪，为什么会是我？这些年，他应该混得不错吧，交了很多新朋友吧。大屏幕上显示出最新抵达班次，耳边也传来他车次到达的提示。对，他的车次号我已记在心上，并没有刻意去记忆。可是，在我的头脑中，与他相关的记忆就像一枚磁铁，它能轻易吸附所有关于他的事情。此时，一只蝴蝶突然出现在了偌大的接站大厅中。阳光透过玻璃，蝴蝶就绕着其中的一束光旋转，擦过一些冷漠的肩膀时，她想靠得更近，却被那些不礼貌的肩膀掀起的气流驱走。如果这是一个巨大的温室会怎样？她兴许不会那么辛苦，但连一处有温度有香味有色彩有甜蜜的栖息地都没有。我突然想到，她是否会挽着他的胳膊一起从站里出来，或者，一个三岁大的孩子挽着他俩？那孩子一定想把这只蝴蝶带回家，他一定怜惜她的辛苦吧。

旅客已经从电梯上缓缓降下，我在出站口凭着记忆判断迎面而来的一张张面孔。我的头脑飞转，因为这个世界总归还是陌生人居多的。每天，我们都努力融入陌生人这个巨大的集体，我们想与他们建立某种亲密无间的联系，我们的追求绝不仅仅是相同的肤色和使用同种语言及手势这么简单，我们会拿每一张陌生的面孔和那些印象深刻的面孔做比较，我们会说，迎面走来的女士，好像我的高中同学。那边坐在轮椅上的老人，好像刚刚离开我的外公。

比如，我看到一个人很像他，像他一样有着无处藏匿真诚的双眼。可是，他的脖子上没有痣。淘汰。比如，眼前一个推着一大堆行李的人，有点像，其实也不是他。他只说过来叙叙旧，没说要搬回来……没有，人和耐心都像条暗河，流走了。我还是没遇到他，碰巧手机响了。

一见是他的号码，我松了口气。

“你在哪儿？”

声音有些沙哑，我觉得是信号差的原因。我马上告诉他我的位置，他即刻挂了电话，或许看到我了。

把手机放回口袋后，我四处看了看，并不确定。好像那一瞬间火车站所有人都即将向我走来。于是我想到了一个老友重逢时的绝妙游戏，那就是背过身去，看谁先拍我的肩膀。就在那时，我听到有人喊我的名字。我放弃了之前的想法，四处张望。两秒钟后，我似乎看到了他！

他在远处，我可以确定他在跟我打招呼。他拖着一个行李箱，好像上面搭着一床巨大的棉被。他走得很慢，每一步都想要踩得更实在。近些，我发现他有点黑，头发有点长。走得越近，那张脸所传递出来的情感越复杂。粗糙、龟裂，用斧凿刀刻来形容都不为过。他的嘴唇黄枯、形容槁瘦。那双眼睛藏在眼窝的阴影中，有些暗淡。这已经和我记忆中他的样子大相径庭。我甚至僵住了几秒，倒是他热情地率先开口。

"小茂，真的是你！"

用这句感叹的应该是我才对啊，他完全是个陌生世界的"伪装者"。

"怎么了，认不出我了？达野啊！"

我怎么会认不出他呢？我的目光死死地盯在他的行李箱那儿，原来那上面根本不是什么棉被，而是一件军大衣。这使我勉强认同地笑了笑。他也停住了，让计划里的拥抱打了水漂。

"我知道，我的变化是很大，可是，真的是我啊。"

我方才缓过神来，我不得不接受他的改变，要不他该多难受啊！

"对对，达野兄弟！你看我心不在焉的，生怕认错了！"

我伸出手，拥抱了他一下，他的胡子有点扎人，应该是为了见我刚剃的。

随后，我就急着夺过他的行李把他往外领，好像慌着把那个暂时怀疑目中所见世界的自己拖出臆想一样。他呢，则在我身后慢慢走着，感叹着一路的不易、人们的浅薄，还抱怨了几句这边的气候。我发现他变得比过去唠叨，该不会是很少有机会说话吧？

“达野，为什么一直不联系我？”

回程的出租车上，副驾驶座上的我不禁扭头问他。才发现，他掏了根烟出来，掉了几颗火星。

“说来话长了，主要原因吧，是我那里根本没什么信号。”

“你不是在北京吗？”

听到我的诘问，他深吸了一口烟，笑了笑。“在北京的时候，我不是还跟你联系着吗？”

我琢磨着，一半说给他听一半似在自言自语：“那就是说，五年前，你就不在北京了？”

“嗯，对，去山上了！”

“去”这个字带出了他气管里的烟。

“去山上了？”

我越发不解了，却感到与他的陌生感正在消除。

“去长白山了。”

他想表现得更轻松些，但这个地点让我有了一头跳水的刺激感。

“我知道你不明白，不明白的事儿还很多。这次回来，就是要跟一个信得过的兄弟唠唠！”

虽然好奇心使我想直接跨到后座去，但我暂时忍住了。一个为了与我交心，刚刚跨过几千公里远、两千多米高、遍尝四季的人，一定会把他的心里话全都告诉我的。

“你女人呢？”

“谁？”

“还有谁，首都机场那个。”

听罢，他又猛吸一口，咳了几声。

“早分了，五年了。”

他的回答让我想到，此前的一个小小愿望，现在破灭了……

（3）

北京2013年的冬天，他和她相处的第四年。他越来越觉得生活是在做减法。最初相识时再怎么复杂的性格和心事，也会在具体坚硬的生活顿挫中变成一股单色的溪流。不是说没了激情或乏味了，而是彼此间的渴望少了、要求少了、彰显个性的时机也少了。

达野开始觉得，与最最亲近的人相处，也要懂得尊重一种距离。原先的时候，两个人总想灭掉距离，像是中世纪传奇里的巨龙，妄图用一口恶气吞掉对方的全部肉体还有生活。等到真正在一起生活后，就会发现很多问题，就会开始像早先灭掉距离那样要灭掉对方的小缺陷、潜台词及自我。这怎么可能？比如，她一开始喜欢他的人生追求，而后发现他只有追求却不懂经营人生。经营人生，是为生活做贡献的同时，给对方一种稳定制衡的影响，他却很难安定于一份工作。这是他的个性所致，可是成了她心中难以掩饰的爱情瑕疵。

如今，达野喝着老东北带来的红星二锅头，坐在烧烤摊边同我掰扯他这五年从未对人掰扯的事。

那天，她早早回家，他则如往常一样从一家涉外中介机构打卡下班。其实，那只是他上班的第二周。此前，他在一家旅游公司做了一个月，再前，他去了房产中介当销售，也才是三个月前。

一进门，看见她在收拾行李，他冷漠地脱下了外套，坐到了床边。

“也不问问吗？”

她开腔的同时仍旧埋头收捡。

“你这是要出差吗？”

他无精打采，北京的冬天太冷了，室内又温柔地板结着。

“我想要你陪我去滑一次雪，去长白山。”

他看了看表，并没有被她的话惊到，相反有些焦躁。

“哪有时间，你不是要我工作吗？这会儿拼了命，要不然怎么娶你？”

她突然笑出声来。

“娶？达野，我不打算嫁给你了。说真的，我都快三十五了。而你呢？心智还留在二十三。”

她以为这句话会激怒他。

“怎么样都行，当初留在北京，我也没考虑太多。你看，我们不也一路走过来了吗？”

“走过来了，是啊。可是怎么继续走下去呢？我的职位，没变吧，你倒是每天一个花样。可是我们的生活状态，也没变吧。你爸妈没见过我，他们应该还气你当初为什么突然不上学了。也许他们根本不会原谅我，认为是我把一个他们心中的好孩子带走了。我爸妈也不会同意，过多久都没用，除非你……”

她说着放下了手中折好的衣服，哽咽起来。

近来他没少遇到这种气氛。他只好在一旁沉默，却从没有怀疑过自己的人生。他也许觉得所有人情世故都有着自己的气数，爱情也不例外。所以，他等着她发泄，也许发泄完就好了，重回原点。可是，他从未想过，每一次发泄都是对爱的消耗。

“好了，我不哭了，你也收拾一下吧。达野，我没你勇敢，生活对我来说很简单。我会用三十年甚至一辈子的平淡和付出，换取一种平稳的状态。我不需要丈夫多么疼爱我，我只想退到一个安全的区域。滑雪，是我想过的最疯狂的事吧。从山坡上冲下来，和你最后做一次梦，我也最后再勇敢一回。我等不起了！”

她就此沉默了，达野也是。那一刻只有暖气呼呼响着，屋内的灯光还是跟从前一样，容易让人想入非非，招人感伤。有那么一刻，她以为他会出门散散心，或者打开电脑玩玩游戏。可是就在她不愿承认且拒绝想象的时刻，他的手伸了过来，好像只有那双手在帮她一起收拾行李。她宁愿相信，他的其他部分并没有参与进来。她不愿看他，哪怕一眼。她披下来的头发也正好能挡住她想去看他的余光。然而，他的体温、气息，她却能明显感受到。达野也打算放弃了。在沉默中，我们总会洞悉些什么。

就这样，第二天他们就往长白山去了。一路上，她并没有像之前那样主动地和他说话。也可以说，他们表现得像一对过分冷静的恋人。如果我碰巧在列车上遇见他们，我一定会认为这两个人在抵达目的地之后有着过于严苛的计划。她表情有些严肃，时不时低头看看提前准备好的“滑雪指南”，然后转过头。不知道是在看路过的景色，还是留意到了窗上偶尔映出的那副憔悴面容。而达野，全程塞着耳机。“在想些深刻的问题。”这是从他现在喝高了的烈烈口舌中涌出的唯一明智的话。

“我在想，我还能做些什么？旁边的这个女人，她已经决定离开我了。这里面包含了太多我当时没办法想通和解决的问题。后来，我又想到……每个人都曾做过一些不切实际的梦。这种梦，我也没少做。记忆最深刻的，就是梦到一觉醒来自己面目全非，并且身处一个全然陌生的环境。真正醒来之后，我并没有后怕的感觉，反而觉得轻松。人真的是特别需要鼓起勇气存在的生物。恋情的结束、考试的失意，甚至是钱包的遗失，都会牵涉我们所谓存在的‘颜面’。可是，既然颜面丧失殆尽，何不换一副更健康的面相生活呢？既然她已经离开我，我是否可以再次感性地指望一个未来的去向呢？就像当初我决定与她在一起那样。”

感性地指望一个未来的去向，我以为是“看天吃饭”的意思。在西方还有上帝授之神迹，唤世人顿悟的用意。后来，他的故事让我觉得他的变化就是后者带来的。他从不在我面前表露他的信仰。不过，我记得他在一次闲谈中说过，信仰那回事都是听说来的。听上一辈说，听外国人说，听崇洋媚外的人说，听云游的僧人道士说，听自称俗家弟子的游客说。很多人喜欢把生活道理、节庆习俗包装成信仰，那是害怕你不遵守不克制不领会。这话有些冒进，但道理不糙。在做那些意想不到的决定时，并不是什么超自然的、集体意识山大王在引渡你，而是某一刻你服从了内心的某种召唤。

“我们本来自然而然就会隐匿的，对吗？”

达野好多次都梦到自己被这问句反复缠绕。受不了了，他就会口干舌燥地醒来，怅然若失地望向最深刻又丑陋的黑暗。等到这种黑暗逐渐显现出令他熟悉的轮廓后，他猛然想到，那些最亲爱的人们，就算他们在酣梦中，时间也会一刻不停地抽走他们肉体的活力。也许在某一刻，他们感受到了疼痛，也许他们会在循规蹈矩的生活中骤然发现身体的败逃，时间也仍然宣告着它的碾压和急功近利！能够躲避肉体灾难的办法，就是去创造新鲜的东西。所以，他想要每天都创造惊喜，好像只有这样，他才不会败给生活。

达野真的做到了。长白山区的度假村，他只待了一天。那一天，他除了陪她滑雪，还留意到了山背后的一大片松林。第二天，他很早就起床裹着棉袄徒步去了。来时他并没准备一双像样的登山鞋，所以那条铺满冰雪的山路他足足走了两个钟头，篮球鞋已经全部浸湿了。每陷入雪中一点儿，他都能听见沙沙的摩擦声。那是影视剧里那些采样音效模拟不出来的，因为，这声音里还隐藏着匕首捅进沙堆里的戾气。

介于残暴和柔术之间，达野迈出的每一步都要去庄严地平衡希望和绝望。而高高低低的石块、绊脚的树根、断裂的绳索和被大风摇撼下来的枯枝败叶，都能与他狭路相逢。清晨的寒气是从地底下灌上来的。它们让积雪变得比之前浅。在没有下雪的天气，也会制造漫天飞散的雪影。如果不探清路径，很容易出意外。还好，借着基地散射的光，他能看到那些歪斜的路牌。走得越远，那些路牌就越卑微、跟冻僵的探险者尸体一样，说不定就永远被掩埋起来。上山一度成了一件难事，他有点打退堂鼓了。因为，光线越来越暗。他以为 6 点出发，7 点就能见到阳光，可是在长白山的清晨也许很容易在爬山途中迷路、坠崖，或者……

他索性蹲在了那儿，像一个蹲在出事地点等待救援的目击证人。就在那儿，他第一次感受到了严寒，冷到发颤、唇亡齿寒。他开始回头辨认回基地的路。雪雾很大、沿途也都是些雷同的印象。他摇了摇头，咬了咬牙，然后，用自己尚且温暖的部分尽量激活僵硬的运动神经。他的全身终于不再像一个雕塑。震散了身上的雪，他开始继续往前走。他竭尽全力地将注意力集中在前面的一个点。他让自己以为自己正一点点地靠近它。

达野说他是通过自己逐渐恢复的视力感受到阳光的。开始他以为是幻觉。如果说走钢丝是在平衡身体的重心，那么在荒芜的雪山中行走，除了平衡肢体更需要平衡所有的情绪。否则，活人很容易就放弃求生的希望了。是阳光！视力的恢复让他开始鼓起勇气往上走，山林越来越密集，像要围拢取暖一样。每一棵路过的松树都很高很粗壮，像故意混淆视听的界碑，它们不理会旁边擦过的生命火花，只顾在严寒中自适。

也就在他幻想着被这些粗壮的松树树干掳到怀抱里时，它们突然吟唱了起来。他以为是幻听，揪了揪硬邦邦的耳垂。这时，他真的听到了长白山松林晨祷的歌声！弥漫在雪雾中。那些雪则像某种音雾，它们收缩扩散、孤立麇集，撞击到那些粗大的音柱上，循环往复，交感共鸣。他呆立在原地，看着、听着。他不敢说话、任歌声透明的网穿过他、又缠绕着他……

《也许是最初的决定，改变了你我》
原创配乐

他醒来时，感到从头到脚都软绵绵的。当搞清了自己躺在床上，身上盖着一件酒味儿很重的军大衣后，他才意识到这是别人的房间。这是一种奇异的感觉，搅拌着昏睡前的零散记忆和醒来后的茫然空白感。达野只想从难闻的大衣里拱出来，看看这个房间。

房间四周的墙壁有些脏，有些墙皮已经剥落了。一扇不锈钢推拉窗上挂着的窗帘像块破布，和侧墙上挂着的一件磨损的蓝色线衣形成了对角。

奇遇发生在两座山之间。松林就像撑起天空的墩，雪是最纯洁的圣物。达野终于确信自己看到了生命之初的模样。五年前的那个清晨，他终于决定留在长白山，干护林员这份也许世俗却不食人间烟火、只见漫天雪雾的工作。

（4）

那一晚，我们不知喝了多少杯。达野的酒量远在我之上，他一杯杯干，到后来根本不在乎我能不能撵上了。就好像消夜桌上还有别人，一个极有酒量的人，那个人也许就是他的过去。他对自己“玩世不恭”的过去充满敬意。酒精麻痹了撕裂的疼痛，也只有在酒精的作用下，一个人才能感受到这种疼痛吧。

后来，见他扑在桌上睡着，我勉强起身买单。周围弥漫着冷却的激情，像挂着冰凌的有机植物。我身边坐着一对沉默的恋人。男孩儿看着面熟，女孩儿默默地夹菜，低头不语。被围墙打落的灯光也似要将他们分割开，我以为这就是达野与那女人分别时的景象。也许，长白山度假村会更冷些。达野本想对她讲讲清晨的奇遇和随后生发的决定，但看着低头不语、兴致寥寥的她，觉得没有开口的必要了。

蜜月的人、中奖的人、折腾出年假一心守着家庭的人……所有目测还算幸福的人都围绕在他们的周围。台风的中心，是此生未必再见的不幸，未免太安静了。而后，趁着她说“走吧”的时候，达野告诉了她留下的决定。虽然已经习惯他的改变，但她还是惊住了，脑海里瞬间搬出了影视剧中有关这个职业的所有影像。

那影像大概会是这样：身披军大衣、戴着毡帽的达野，提着猎枪、边喊着爱犬的名称、边抖落着身上的积雪。偷猎者、森林的安全隐患让他每日都要出门巡视。

眼前是他逐渐远去的背影，我只是有些担心他的安全，或者试图提醒他什么，喊了他的名字：“达野！”

只见，他转身看了看我，招了招手，脸上是幸福过后的沉醉。随后，一深一浅继续朝最广袤、最深邃，又或许是最凭孤胆的山林中，挺进……

摄影 / 金曲
模特 / 王希翀

当你把影子和梦
忘掉时

我双手合十放在胸前，平躺着，像一个冲着悬浮在空中的圣灵祈祷的牧师，这样做是为了避免疼痛。然后记忆就像仙女的脚尖轻轻触碰我的头顶。我知道，它占据着那些它尚未告诉我的，那些它试图帮我挽回却又无从安置的故事，并以此为乐。

由此，我知道疼痛无法减轻，当你直面过去……

（1）

他是那种躁动的青年，不断地喝着水，把脖子仰得高高的，喉头像是被顽皮的孩子来回拨动的按钮。他的手臂间歇摩擦着桌面，像是不满意坐伏式的坐姿。有那么一段时间，他甚至伸起懒腰，嘴里咕哝作响，眼睛里盛满了隐隐的愤怒。我坐在他身边，很难集中精力。他给我的印象，就是那被不断拧开的矿泉水瓶盖，桌面震动不止的手机，还有那种仿佛只能被不断碰撞和恐吓才能验证的青春。

当我还不那么讨厌他的时候，他只是运气稍稍比别人差些，生活还是运转顺当的。我们租住在一块儿，在香港某一栋狭窄的堂楼内。我们有各自的学业，因为作息规律的不同，所以很难渗入彼此的生活中。换句话说，他也不太愿意让我看到他流露在外的生活碎片，从而把所有的东西都关在了他的房间里，就连垃圾桶也是。他不在的时候，门是锁上的。不过，我们的衣服还是晒在一起的，就挂在隔开我俩房间的厕所里。我常常看见，那衣服更像是我们，不会碰擦，蔫蔫蒸腾着，好像在比赛谁干得更快。

他应该会弹吉他。深夜里，我常隐约听到有旋律从他那边飘过来。可能是在半梦半醒里。当我像鱼一样咂摸嘴的时候，这音乐更像是我在水里听到的。不会太久，但是足够忧伤。我希望他是那种以自己爱的东西被尊重为自尊前提的人。这样，我倒是可以对他的吉他演奏表现出强烈好奇，从而找到机会了解他。可是，为什么要了解他呢？活在对另一个人、另一份世界的飘忽不定里不好吗？

我还是问他了，不关好奇心什么事，只是害怕忘掉他。于是，我就在一个深夜去敲了他的门。吉他声中断了。

“对不起，我戴耳机，就不会吵到你了。”

他的话让我很意外，但是，话里听不出妥协的意味。

“不是的，我只是想听听，很好听！”

一阵窸窣的脚步后，他拉开了门，半裸着上身。空调的寒气携带着他体内的热气，随之闯了出来。

“随便弹弹，本来要戴耳机的。戴久了耳朵疼。”

“我经常能听到，很想现场听你演奏下！”

他笑了，说：“很乐意啊，只是确实弹得不怎么样。押尾光太郎的那首《下船登上她的小岛》，我一直在练，那种热情是含在指尖，同时连着内心的。”

我还是要求他弹了，只是，他让我开了客厅的灯，自己返身去房里拿吉他。没有借口，没有表现出为难，他也许根本没想过邀我去他房间里听琴，客厅难道不够大吗？等到我搬出了凳子，对着他坐下，他把吉他放在跷起的腿上，调了调音，开始了弹奏。我有些失望，因为这一次，他的演奏很生硬，总之不甜蜜，一点儿也不。没有对心仪女子的深情，倒是牢骚满腹。演奏完了，他说：“只能这个样子了，还在练。”

“嗯，我觉得没有听众的时候，会更好！”我直言不讳。

他微笑着起身，向我道了晚安……

（2）

这个合租客叫蒋生，是英文名 Johnson 的音译。

那一晚，蒋生没有继续弹，或许是我睡得很香没听到。躺在床上，我才觉得自己不该那么说。我们习惯被人称赞。虽然，很多人讨厌那些皱着眉头、不懂装懂的旁观者，却在不满他们的同时，报以一种自足的姿态。没有听众的演奏者会很孤独，或者，他只想简单地自我抒发一下？

在香港待了一段时间以后，我发现自己和他一样在缺少旁观者的环境里倔强地生活。没人在乎你几点回家、走哪条线路、在街上会挡谁的道、会被长得夸张的鬼佬问路、又会花多少钱去购物或是买书。因此，我实在不敢怠慢所谓的友情。比如，住在我们隔壁的那家人，妈妈带着一位三岁大的孩子，她的丈夫因为常年在广东与香港间运水产，很少回家。几乎每周，她都会端一碗汤给我们喝。若不是那件事，我便会毫无保留地接受她的关心吧。事情的发端不是一个男人对于羞耻心的过度担忧，而是一个女人对于羞耻心的过度执着。

那是我刚到香港住处的第一天，当我发现自己将要在一个 5 平方米的屋子里生活近一年时，我意外地佩服起自己的冷静。或许，或许那时我根本没意识到这里即将弥漫着我的气味。我决定先洗个澡，再考虑该如何生活。浴室在门外一条短过道的尽头。当我发现对面住着另一家人的时候，犹豫着自己是否应该在浴室里穿戴整齐以后再出来。这个想法很快被我否定了，因为我感到浴室的大小刚好能容下我，对面那户门是关着的。于是，我夹着一条内裤就钻进了浴室，指望着洗完澡悄无声息地冲回房间。浴室里面的确很小，墙壁上开着一扇小窗户，头顶上像是用别针挂着个灯泡，卡在墙壁里的热水器挺着一个大肚子。我把脏衣服和内裤都挂在窗台上，冲水，然后用力伸手搓揉我的后背。等水汽慢慢消散，终于，我发现衣服和内裤都被喷水从窗台上冲到楼下去了。无奈之下，我只好浑身湿漉漉地出了厕所门，匆匆来到自己的房门。刚伸手去拧门把手的时候，对面的门忽然开了。我没辩解，那股皮肤赤裸烈烈的灼伤感竟让我勃起。

后来，我刻意想要回避她，她却像想要挽回什么，对我总是多一份关心。每次我掏钥匙开门的时候，她和她的儿子都站在门口和我打招呼，这很容易理解：一个正在学习语言的孩子绝对不会放过任何一个机会咿呀学语。这时，她就会对儿子说："这是哥哥。"有时，我会从她手上接过一碗热气腾腾的汤，说："谢谢阿姨。"随即被她修正，"我看上去有那么老吗？比你大不了几岁，就别这么称呼了。"

我其实不爱喝汤，蒋生搬来以后，我会让他把我的那份也喝了。他也喜欢煲汤，煲好后盛入洗净的碗，再端回去，算作回谢。从他口里，我渐渐知道那对母子的故事。她是广东人，四年前嫁到香港来。她丈夫因为开长途常常不回家，孩子几乎都是她在照顾。周一到周六的下午，她会陪孩子去幼儿园，更多的时候，她穿着极简单的便服在家。路过的时候，偶尔门是敞开的，女人系着围裙，穿着短裤，赤着脚忙活着，用爽朗的声音叫着她的孩子。

我始终觉得单凭人的记忆去讲是不牢靠的，女人的外表和蒋生的琴声一样，单是用词语我难以形容。那么，我干脆大胆地交给想象力吧，就算有些夸张，甚至触犯禁忌。故事既然是我讲，我想我便能用感受大胆地捏住一个线头，这线头似乎一定要把蒋生的琴声和那少妇系在一起。我猜她也一定听到了他的琴声，甚至比我听得更清楚。因为，她的卧室在走廊的拐角，几乎和他的卧室是挨着的。较差的隔音，想必无法阻隔琴声，甚至强迫他们互相聆听彼此生活里的那些骚动。晚间，薄薄的墙壁两头，他弹着琴，她听着，听多了，便会像我一样和他聊聊这泄露出去的生活，在彼此交握汤匙的时候。或是，有些时候，她和他的男人等孩子睡着以后，在卧室里做爱，发出急促而略带压抑的声音，和天气一样潮湿。这迫使他在墙壁的另一侧听着。即便听多了，他也绝不会冒失到和她去聊这同样泄露出去的生活，同样在彼此交握汤匙的时候。或者，我猜，蒋生弹琴的目的，也是为了避免让自己听到那种声音，而她竟也是在这样一个兴奋恍惚的时刻，听到这边的琴声，随着歌曲如在海洋上起起伏伏。

我相信他们的对话是这样的。

“昨晚你弹琴了。你告诉过我那是吉他？”

“试试手，有段时间没练了，希望没吵到你。”

“哦……没有，我小时候好动，只喜欢听，却学不来，来到这边以后，要围着他转，整天都会很乏。”

“现在应该适应了吧？”

“还好吧，生活圈子很小，他爸不在，我不愿意去接触什么人，总觉得这里就像冰柜。”

“你是指，生活的空间吗？”

“怎么说呢？嗯……走在街上，我会觉得时间过得很快，回到家里，就觉得生活有点一成不变的味道。

“我感觉这里到处都是睁着的眼睛，竖起的耳朵。对我来说，这座城市只属于那种保持充沛精力、昼夜不息的人。谁又能永远这样呢？是不是这里很多老人还要去做销售工作啊？”

“嗯，楼下 7-11 里的阿姨就是那样啊，脸上都是皱纹，还要一直笑。”

当然，这些都是我构想的。我很文艺，这样的对话太杜拉斯。事实上，我内心的小困惑逐渐散发出来，像精油一样，让我的太阳穴热辣辣的。这不是情欲，在看黄色电影的时候，你在意的只是性，可是，我觉得他们将会发生的，远比性本身要多。难道他们一定会发生什么吗？

有一次，我看到客厅桌上多出了一本新的儿童图集，是那种制作精良但价格昂贵的识字书；买给她儿子的？总之，这本书当天晚上就消失了，两天后，那孩子在门口拿着这本书。有一次，她敲了我家的门，蒋生开的，我则有意透过我房门窄窄的门缝，观察着。她正抱着孩子，和他搭话。她穿了一件吊带、一条短的平角裤，赤着脚，和平常一样。不一样的是，她把头发披散下来，眼神透露出一份欣赏，不像是对着一个男人，倒像是对着一面镜子。接着，那一幕出人意料地发生了。那孩子扯下了她右边的肩带。那是瞬间发生的事。她只是假装对孩子摆出一副气恼的表情，然后和蒋生歉意地笑了笑。这发生在她的男人出门在外的五天里。她留守空房，比我们都明白，自己需要什么。她一点儿也不老，只比我们大那么一点儿，被婚姻和获取香港公民身份这些噱头引诱着，过早地进入单调的主妇生活，一定心有不甘。

我所知道、看到的就这么多，我愿意做更多去孤独地“成人之美”。蒋生不在的时候，我试着把电脑拿去客厅放一部成人电影，把声音调到很大。当然，她一定能听到，但是不会敲门，只会在下一次和他见面的时候，含沙射影地表露一些。我想，除此之外，我还能做些什么？写封匿名信？或者，干脆跟蒋生速成一对知己。成全了他们俩？

很快，机会有求必应了。

（3）

芷诺，高中时候我第一个暗恋的对象。因为两家人工作的关系，我们间交集不少，当然，高三时候的爱，像一层薄薄的雪，踩出再多脚印，过一会儿也无处找寻。现在回想起来，只能淡淡一笑，细节确实无法追述，只记得我给她写过一封匿名信，内附一只粉色款式的 Smart 表。不是我没有勇气跟她表露真实想法，只是我们在一个院子里长大，又几乎沿着同一轨迹生活、交友、漫游，彼此过分熟悉。充分了解的两个人并不一定能成为恋人。兰波说过，恋人是两团相依的云雾，充满着未知和秘密。恋爱其实是相互探索、纠缠与妥协的一个最为优雅的集合。于是，我优雅地放弃了，但我们间的友情一直顺畅地延续着。

那天，她在空间上给我留言，说复活节要来香港。我那时候也正好放假，可以陪她逛逛。后来，她说了实话，除了度假以外，她还想离开家几天，她父母间的事让她心烦意乱。当我们谈到住宿的问题时，我随口说了句："要不住我这儿吧，房子小点儿，但是挺方便的，宾馆那个时候没房间。"她欣然应允了。我觉得这是自己给自己找麻烦，我的床只够一个瘦子睡，睡地上的话晚上会有蟑螂。不过，我似乎没有考虑到第三个选择，那就是和蒋生挤挤睡。斟酌一下，这绝对是个不错的选择。关键是，我可以借此机会了解他的生活，有运气的话，还有他和少妇的一些故事……

很快，趁他在大厅蹲着洗衣服的当儿，我走到他旁边倚着墙，显得很轻松地开口："哥哥，有件事可能要麻烦你一下。"我打算直接把考虑的结果告诉他。"我朋友圣诞节要过来，但是没找到住的地方。所以，我想让她来我这儿凑合住个几天……"

蒋生把拧干的衣服搭在盆边，两只手如沾了水的垂枝，耷拉在膝盖上。短暂沉默后，树梢动了下，并抛出个问题，"男的，还是女的？"

"女同学。"我实话实说。

蒋生又把手浸泛起泡沫的水中，嘴角一抹类似汤匙状的微笑，随即舀出了一句完全出乎我意料的话，"机会不错啊，你是要我晚点儿回家吗？还是你们干事的时候，让我不要打扰啊？"

我愣了一会儿，回话好容易才滑到嘴边。"当然不是啦，我怎么会那样呢？是我的发小……"

"别假正经喽，是个男人把人家小姑娘引到房间里来，肯定没安好心。况且，她都答应和你躺在一块儿了……"

我急了，悬空的脚跟一落地，从墙壁上弹了回来，说："你完全误会了。我就是想问问你啊，她来了以后，我让她睡我的房间，你方不方便让我和你挤挤，你的床好像比我的大些……"

"哦……"他又拧了一条内裤，正在抚平它，"行啊，没关系……"话音未落，他跟上补充道："我只是为你有点可惜。这么好的机会……"

我谢过他，钻进了自己的房间。感谢刚才的对话加深了我对蒋生的了解。还以为他有多正经呢；之前听他弹琴，多少有点严肃的意思，琴声里的猥亵色彩全部是我平添上的。但听完他说话，我觉得自己的想象力几乎完全对上了他的真实想法。而且，还不够。他替我感到可惜，也就是说，换作他，他一定会抓住机会？终于，我感到自己挺滑稽。当初设计他的故事，纯粹为了满足我的空虚。也就是刚刚，他突然从虚幻中走了出来，告诉我他比我的想象还要邪性。这使我相信他绝对疯狂地干过那个少妇，而且不止一次！等到在他房间里的那天，我想，他一定不会介意我直接问他那些事情吧。

（4）

两周后，我去红磡火车站接芷诺，竟察觉不到任何季节的变化，有些人甚至比盛夏的时候露得更多了。这个城市虽然没有四季，我却没有按常理把这个定义理解为人们不会加减什么衣服。恰恰相反，判定这个城市没有四季，是因为无论什么时候，我都可以见到任何季节的衣服。这个城市的四季是人为的，所以自然的概念大多有点错乱。一个多么适合理想主义者和无政府主义者生存的地方啊……

候车的时候，我想象着芷诺的变化。我有大概两年没见过她了，只是偶尔去她空间，看看她更新的一些照片。几年里她的照片上都是一种方式的笑，就像批量生产般，只有笑的人才会不厌其烦。但是，她好像比过去更敢穿了，我实在不想用那个略带酸涩的词语作比：性感。性感就是潜意识里的淫荡，比如说，有张图她忘记P掉乳沟了，反倒招来了许多人的应和，这算不算是一个大势所趋的时代注释呢？当她从地铁站里出来的时候，我居然有点动心了。不是那种邂逅初恋情人的动心，那种时候，感情硬，下体松。我承认那会儿我是动了歪心思了——感情松、下体硬的歪心思。谁又不会呢？光是见到热裤下的两条大长腿，就已经蠢蠢欲动了。再说，她化了妆，梨花发式下的五官像是细心摆弄后的银饰。不过，虽然对很多人来说，她是一个女人，而对我来说，她怎么样都是芷诺！这会成为当下最时髦的爱情宣言吗？

就是这个女人在人群中兴奋地冲我摆着手，然后冲到我面前，替代拥吻的是她行李的把手。简单交谈几句后，我的情绪被掀到了高潮，脑子的某个角落冒出了蒋生那句实在话："我替你感到可惜啊！"

等等，这又不是送行，我和她才刚刚见面怎么就可惜了呢？想着想着，我竟不知不觉地拖着她的行李，把她甩在身后老远。

到家以后，我们坐在房间里聊了起来，她坐在床上，我侧过身子斜倚着凳子。

"住的环境不错嘛！月租多少？"

“月租啊，4500 港币，和室友一人一半。”

她四处看着，解开了脖子上松松缠绕的纱巾，露出了奶油色的脖颈，罩衫下色彩鲜艳的绸制衣服，领开得低，隐隐露出了……意识到了我游离的目光，她边把领口往上提了提，边说：“我睡这里，那你呢？”

“哦，我和室友挤挤吧，没关系。”

“两个男人睡一起啊？哈哈……”她的目光揪疼了我。

“那不然怎么办啊，你在想什么啊？”

她笑了，额头被窗外一条光线切割出了阴影。一道窄红的光晕缠绕着她的双臂，映出来的细腻绒毛，向空气释放着灵敏和多结的细致。直到她看着我说“该我问你，你在想什么呢？嗯，还好，是个正人君子呢”，我才回过神来。

她这句话戳中了我内心最薄弱的地方。我一时收起了目光，有点做作地解释说：“你是说我看你吧，因为很久没见到了啊，所以多看几眼，变化还是很大的哟。”

“我变了吗？胖了？瘦了？”

我觉得我们足够熟悉，到了可以不必互相恭维，熟悉到了可以听出恭维话里虚假成分的程度。可我还是说了：“变……漂亮了啊……”

这一次，我让她很快乐。“我说的是实话！”我害怕她反驳，就掷地有声地添了一句。

她笑得把身子歪向一边，说：“没说你骗我啊！急什么啊！”

说到这儿，我起身去客厅给她倒水，发现蒋生不在家。突然被一个事实击中了脑门：屋里就我们两人。我和她有过独处的时候，我们曾待在彼此家中的房间里，那是小时候。像这样单独待在异域，让我感到一丝冒险的意味，并对某种一度消失的激情充满着期待。于是，我也肆意地对她开了个玩笑：“芷诺啊，怎么搞得我俩像私奔一样啊！”

“是啊……但是觉得好轻松，在家待着真的烦死人，到这里觉得没压力，更想找人倾诉！”

听到这话，不知道是不是兴奋的缘故，我握着水壶的手抖了一下。

后来，她告诉我了那些事，妈妈怀疑爸爸在外面有人，家里终日疑云密布，她夹在两人之间很难受；同时，她还被毕业后的抉择困扰着。和我同一年毕业的她，年初考文硕没能如愿，想试试明年的艺硕，可是，她妈妈托朋友给她介绍了在艺术培训中心教钢琴的工作。芷诺说她不知道该往哪儿走。最让她难过的还是几个月前和男朋友分手的事，她说，虽然他们藕断丝连，不过，她知道，那男人是贪图她的身体才和她联系的，她却因为残留着的爱而损耗着自己的精力。我在劝她的时候，顺带提出了内心对于这个城市暗含那些偏激和曲解，我对她说，香港是孤独人的嘉年华……最后，我们的对话落到了实处。总之，这几天好好玩，好好吃……我知道，这是我们都愿过的生活，满腹牢骚的时候，索性就不要压抑自己享受快乐的

就搁在衣柜下，兀自制造着隐喻的存在。此时，蒋生背对着我，疲乏地敲击着鼠标。我默默地坐在床尾，猛然抬头，发现墙上贴了便签条及他和一个女人的大头贴合照。照片上的女人和芷诺有点像。

“和她进展怎么样？”他的问话突然又及时。

“带她逛了逛老街。旺角那一片基本上都看了看。”

“我问你进展，”这会儿他扭过身子，眼睛幽暗地闪着，“你完全不用考虑我啊，如果怕尴尬不愿在家里，就去对面的红茶馆开个情侣房嘛。”

我连尴尬都来不及，就急着辩解：“真的没有，我们……就是发小……”

“如果这个我都看不出来，我真的白活了。刚和我打招呼的时候，你的表情那个满足啊……只有向公婆介绍女友的时候才会出现。别捂着了。”

“我……好吧，我暗恋她很久了。”我居然妥协了，还故意延长了时限，其实我也就高中那会儿暗恋过。

“行啦，正好这次顺其自然地好上吧。她没男朋友吧？”

“没有，可……”

他有点不耐烦，把椅子扭过来说：“你不要她，我要了哦。说实话我还蛮喜欢这种类型。”

这句话就像一颗卵石，砸中了我马蜂窝般的脑袋，结果可想而知。我的目光又看到了墙上的大头贴，这一次，我发觉两个女人并没有那么像，但又确实显示着同一种顺从和媚容。

“干脆往后我陪她逛！”蒋生凑近我，让人生厌地塞了一句。

“可是，你们才见一面啊！不能就这样随随便便……”

“见一面有感觉、有勇气的人，一定会比见很多面有感觉、没勇气的人更快勾搭上爱情啊。恋爱总是用脸皮做区分的，我的脸皮很厚。”

我已经感到醋意了。这并不是出于爱一个人的立场，而在于保护一个人免于受到侵害。我不管不顾地说：“你是认真的吗？我以为你和隔壁的姐姐好上了呢。说这些话，感觉你是一个玩玩而已的人！”

蒋生没有生气，稍稍停顿一下，说：“没别的意思，我只是觉得你太没勇气了。好不容易自己喜欢的人主动过来。冲冲嘛，怎么感觉等到有人跟你竞争才懂得发奋呢？”

我平静了一些，为刚才的失态烦恼。他说的话并无恶意，而且，不得不说是切中要害的。不过，我也没必要跟他道歉，因为他似乎根本不介意我那些气话。屋外，传来芷诺的声音：“我洗完了，你们可以出来了！”我起身，压低身子对蒋生说：“谢谢你这么说，今晚我还是在你这儿，咱们好好聊聊吧……”

但他的情感还是被那淡而无味的笑冲淡了许多。

来到大厅，我看到芷诺披着湿漉漉的头发，用干毛巾擦着。她穿着一件长睡裙和一双粉红色的人字拖，一副随遇而安的神情。前提是，她对两个男人刚刚的一番谈话还一无所知。我带上了蒋生房间的门，对她说："不方便就说啊，不行我们找住的地方……"她听不出这句话的真实意图，毫无情绪起伏地说："挺好的，跟家一样。"我装作去取衣架，对她说："因为两个男人，所以，你吃亏哦。"她笑道："有吗？又不躺在一块儿，倒是今晚这两个男人睡一块儿！"

"净瞎说。"我被她说得无可奈何，又怔怔地想到了她说的"两个男人"的问题，按照她的思路，莫非刚才我的醋意是针对她的？当然不会，蒋生说喜欢芷诺的时候，我不是坚定地站在她这边吗？还是，说那些话的时候，我的影子无声无息地飘去了蒋生那里？我在嫉妒谁呢？

"你今晚好好休息，明天我还要带你去铜锣湾那边呢。"

"我当然没事了，你才是要休息好呢……"她故意把后面几个字的尾音拖长，抬起被毛巾包成团的头，对我说："陪我去一次海边吧，计划计划？"

我答应了她，脑袋装着"海边"这个词，突然意识到，我就待在海边，那密林般的大厦就待在海的身边。

后来她去睡了，我和蒋生各睡一头，起初都沉默着，并且让彼此察觉到对方已然入睡。房间里空调的声音混着窗外间歇而过的疯狂的马达声，让我生出古怪的联想。隔壁的芷诺也许还没睡，她穿着睡裙，品着微苦的单品咖啡，任自己疲惫的身子塌陷下去。有一会儿，她想到了那个背叛她的男人，想到他们幸福的时刻，虽然这些念想透过时间之流显得有些刻薄。但是，在生活中的某一点里，竟又被莫名地激发，并且这一回更为浓烈。她期待着他在她的耳边吹来一阵安慰的鼻息，一句与“我们一直这样吧”类似的情话。然后，他把她的手放在他强健的胸脯上，她渐渐扬起埋在枕头下的嘴唇和双眼，手也任情而动，异常温柔地顺着他的胸脯向下拂去。此刻，他的手则寂寞挑唆着她的垂肩长发，妩媚、多情却也伴随着心悸和急迫。他开始翻身，当那男性的按钮接触到她温暖的肌体时，他开始吻她。恍惚中，他们开始凭着那道波纹自在荡漾开去，不带丝毫互相取悦的意味。她觉得这时的他才是真实的、无私的、释放的。随后，她用那种女性最富魅力与爱欲的声音，回应他的施与。当人生喘息在中庸时，是应该想想这一幕啊！

“喂，听到没？”蒋生中断了我的意淫。此时，隔壁传来了叫床的声音，难道我想的是？

“那姐姐和她男人，真起劲儿……”他的这句提醒鲁莽地踩翻了我凭空虚构的独木桥。

我回过神来对他说:“之前，你听到过？”

没有回应，我当他是默认。那份关乎他和那女人的悬念，似乎即将以最为谦卑的姿态进入我的视野。

“哦，怪不得你没总弹。原来只是解乏用的啊！”

女人有点声嘶力竭了，配合着男人粗粝的喉音，扯着脖子，亢奋地再度勃起。

“那女人挺放荡的，总是和我这呀、那的。你知道吗，她还跟我说看到过你光屁股的样子！哈哈……”

悬念尚未获得解决，羞耻的感觉——我在那女人面前曝光时萌生的羞耻感觉，再一次冲撞过来。“她跟你说这些干吗啊！”此时，我依稀感到，构建那份悬念的砖瓦原来部分来自我内心的羞耻感。并且，我有预感，这份感觉还会不断地加强！

蒋生坐了起来，煞有其事地说：“不明白吗，你听不出暗示吗？”

我当时很想说：“难道是要让我和你之间发生什么啊？”可是，我觉得蒋生兴许根本没这么认为，就气急败坏地把这话翻了一面说，“难道她要勾引你？”

蒋生哗地躺了下来，他的右臂触到了我的右肋。“谁知道呢？”

隔壁的气息随着蒋生身体轰然倒下的动作也渐渐变得迟缓低沉了。

“唉，隔音效果这么差。这里的人怎么个个都精于算计、老于谋略？节约空间，说得好听，我才不信呢，一个个钻到钱眼儿里，空间能大吗？”

“有个女人在啊，可以抚慰你，你又不过去，难道你喜欢男人哦？”他笑着。

怎么又提到这个事情上来了？不过，这话转移了我的注意力："我就是想问你怎么让她接受我。"

"咳，这个好办，你就说，如果我不跟你躺一块儿，蒋生就要躺你旁边了。呵呵，玩笑。其实，你可以跟她说，和他睡在一块儿不舒服，顺带提提隔壁夫妻叫床的事。然后说，不嫌弃的话，跟她凑合一两天。当然，你要保证一下啊！这些话说在前面，到时候躺一起，女人是耐不住寂寞的。不过，你要主动，和她说些好听的，她如果有什么心灵伤痕是最好不过的，谈着谈着她会难过，你就抚慰她，抱住她，然后，不就成了！记住，心急吃不了热豆腐！营造氛围啊，结束以后你和她自然就能在一起了！"

我暗暗佩服他的办法，想必他是一个两性经验丰富的人。如果有需要，他会轻而易举地勾上那少妇，何况，那女人很主动。不过，换作我，还是不知如何厚着脸皮和芷诺提那个要求。"那她不会觉得不好吧？"

"胆小鬼，这是你的家，既然她过来了，就得服从你的安排。知道客随主便吗？我想，一个懂事的女人是一定不会让她的朋友觉得不舒服的。相信我吧！"

"可我们不也是客吗？"这话我憋住没说。

那一晚，我确实没睡好，心里琢磨着怎么才能跟她提，构想着提要求时的场合。想起从三岛的书上看到了一句话："谁也忘不了自己的身体总是和感性的洪水连在一起。"当我面对这洪流时，只是有人拽着我跳进去，又有谁指着高山招呼我去躲避呢？所以，第二天，当芷诺见到我的时候，询问我是不是没睡好，我意在推托，却也顺当地把夜晚头脑里过滤了很多遍的要求提了。结果，她竟爽快答应了，这无疑再一次讽刺了我那份怯懦的偏执。蒋生告诉我，人不要管那些对我们的存在没有意义的事，其中包括努力去回忆呀、对着镜子里的自己吹胡子瞪眼睛呀，或者去凭空捏造一种完美人生的境遇呀，只消在乎片刻的现实就行了。像精于算计的一类人，就该踩在个人主义与集体主义的界碑处冷漠地小解。不过，我想问，性幻想算不算是对存在的宣战呢？我对它们报以无用的幻想、做着无用辩护的时候，却能感受到当下的强烈存在感。欲望烘烤着我，把我身边的人都变成是强烈存在的影子。他们成了欲火攻心的人或畜，只因为我不肯将这份欲念变为现实。现在，它将有机会为我所获。至于芷诺，她会不会成为理想中最具有存在欲念的人选呢？

于是，那天白天我开始守护她，在铜锣湾街道上，我想要确认在她对我的那份依赖中是否含有任何欲念的养分。潮湿的地面，道牌上标满只对某些目的明确的人有效力的虚名。害怕迷路，我们就以时代广场为地标，在它附近的街市转悠。我走在她的右边，发现，她也把包挎在右臂上，这是不让我们过分亲密的证明吧。后来，在谈到什么的时候，我极简单地暗示了一句：“你的包真硬，撞着疼。”她明白过来，后来，我和她靠得更近。在逛一间饰品店的时候，正如我期待的那样，好客的店员把我们当作一对小情侣。在芷诺试一件衣服的时候，店员净说些你女朋友身材好好这样动听的话，我很满足，索性任这一误解的曼妙姿影在心里摇荡着。后来，我打算告诉她刚才滞留在胸中的甜蜜感。

“刚店里的人把我们当成情侣了，说我们般配！”

“啊……那你怎么说？”

“我说是啊，我带你来这儿度蜜月来了！”为什么夸大其词时，我不紧张了？（用说实话的心态去说所有假话吧！）

“啊……他如果问我的话，看你怎么办！”她的眼里除了狡黠，还是狡黠。

“反正不认识，都是些过客，无所谓人家怎么看啊！况且你没有拆穿我。对吗？”为什么说这句话时，我变得如此坦诚？（用揭穿所有谎言的心态去说所有假话吧！）

“……不知道，不过这需要我们事先串通好，嗯，好像也不需要。你自己说过，无所谓人家怎么看你。我也是这么想的，骗就骗好了……”她的眼里除了温柔的狡黠，还有狡黠的温柔。

“那么，我们继续装情侣吧？我们可以继续说是新婚宴尔！让那些人羡慕……来这儿的人，应该疯狂些，丢掉那种高高在上的矜持！在别人的眼里背叛自己！”为什么说这句话时，我又不认识我自己了？（用唯有谎言才能获得新生的心态去说所有假话吧！）

我们开始这种刺激且无风险的冒险，没有意义却伺机制造一种心绪、一种假象。和她亲近，我开始摆脱那种密友间的尴尬，脱离了一切情感的爱欲才是爱名副其实的私生子说法的束缚。像等待水烧开的人一样，我偶尔会想，再过一会儿，我应该就可以走进她了。还差一点儿……也许……

“明天去看海吧？”

“为了复仇后的狂喜？”我随意挖了一句诗的骸骨。

“有什么好狂喜的啊？明天可以去吗？”

“为什么？我会安排啊，但是我很好奇，你怎么总吵着要去？”

“……在《恶人》里听到一句话，说是每次看到大海的时候，我们都会觉得无路可走。被触动了。所以，我就想试试看。不知道人无从选择的状态算不算是另一种无路可走。可能只有真的靠近绝望，才会知道自己只是暂时一塌糊涂地活着吧！总有一天会好转！”

我想握住芷诺的手。活着的时候，女人总能比男人感受到更多的不安，就好像，她的手永远比我的凉，眼睛永远比我的湿润。我相信，她是另一个在存在和幻想间挣扎的人，但是，她比我有勇气，至少她敢于面对最痛苦的情境。可是，我想代表所有抱有同样问题的你们问她：“看海，为什么要来这儿？可以去海南、厦门啊？”后来想想，这跟问，“做爱，为什么要跟 A，不跟 B、C？”一样的愚蠢……

“都是瞎说的。”她笑着说。这个话题随即被别的话题取代了，她纯净的眼神却在我的眼睛里投下了印痕，浅浅的。

那天夜晚，我们终于并排躺在了一起。那时，光线从帘子的缝隙穿过来，麇集在忠实临摹我们身体的毯子上。她很早就躺下了，背对着我的半个世界没有情感，没有心跳。为了确定她没有睡着，我故意翻过身子，床垫子跟着晃动起来。等一切又固执地静下来，她还是没有反应，披散的头发就像是给熟睡做的绝妙的伪证。我试着感受我肉体所能感受到的离我最远、离她却最近的触觉。我的右手肘，在温热的踌躇中疲沓地凝结着。我蜷缩着的右膝膝头，像是顶着一堵柔软的墙，无法再往前屈伸，又像是害怕触碰机关，直到它逐渐酸胀却又充溢着种种不甘。我脑子里很乱，蒋生昨晚说的那些话我自然反复斟酌，可是，现在她一直沉默地抵抗着，我……

芷诺突然翻了个身，转过脸来，对我说:“你睡不着吧！”

我怔住了，她继续说:“让你为难了。呃……不过，我想你能自制吧！”这话末尾的语气是下降的，就是说，芷诺在下判断而不是提问题！

“……是啊。”

“我睡不着，这样有点怪怪的，要不陪我聊会儿，聊着聊着就自然会睡着了。”她的确是一个会缓解气氛的女人。我答应了她，心还是突突跳着，总感觉想要的就埋伏在前面。

“那么，说点儿什么呢？你……觉得，我该去工作呢？还是考文凭呢？”

“这个问题嘛……想不出……问过很多人……他们好像都没自己了解自己……”我有点语无伦次。她没有在意，只是抓住句子末尾说：“感觉你了解我不比我了解我自己要少。给点儿意见嘛！”

我的胆子壮了一些，骚动的心开始取代我的声音说话：“真的吗？我有那么重要吗？”我稍稍往她跟前凑近了些。今晚她用的是我的洗发液，可是她身体的气味将洗发液的味道调和成了一种让我濒于昏聩的气息。虽然，她融化在黑暗中，那气息却透出了她粉白肌肤的成色。在黑暗中，她正生长着，沿着月亮上升的弧线。

“嗯，重要！之前不觉得，来这以后才觉得你很重要！”

“为什么呢？因为我陪你玩？”

“不啊，因为你懂我……告诉我！你的答案。”

我靠近了她，她的鼻息微弱，我们交替呼吸着，吐纳着对方的气息。之前她的气味已浸润到了我的肉体里。“能握着你的手说吗？”在和她的气息融合的时候，我已经模糊了自己的边界。

触碰到她手指的刹那，之前的僵持和摸索，竟被数倍的情感和急迫清算。曾经的忍耐，让我的手紧拥她的手时，竟然温柔到不着痕迹。此时，一股灼热似乎被手指的挤压推向了下体，我只能把双腿收得更紧了。

“这样可以了吗？说吧！”她故作镇静。

“继续读书。工作了，人起码很长一段时间就定型了。这不是你喜欢的生活方式啊，你说过的。积淀更多东西，人一定会有所成长，否则会故步自封！”

我没有松开她的手，拇指甚至在她的手背来回拨弄着。

“唉，不知道，头脑乱。你和我靠太近了。”

这句话让我的拇指噌地缩了回来。但我头脑还是摧枯拉朽地迸发一句：“靠得近，才能从你的角度分析啊！”

“好烦，我要睡了！”她突然转过身去，她的手也像丝帕一样，瞬间滑去了另一边。

“你怎么了？对不起，我……”这是我决定同样转过身去时对她说的最后一句话。她从此沉默了，也许真的睡了？我却无法平静，又暗暗后悔自己的粗鲁。回想着、自责着、欲罢不能着，又终究会压抑着……

（5）

我做了一个梦，可能我这一生只会梦到这一次。起初，我不相信它是用仅仅两小时的睡眠换来的，因为梦把它的影子拉得很长很长。虐待睡眠的时候，造梦的细胞却更加活跃，它们

《当你把影子和梦忘掉时》
原创配乐

就像是为了加班费而拼命赶制一幅巨细靡遗的卷轴。梦里的海是青石灰色的，海边站着我和芷诺，我们背后是塔林般稠密的高楼。我们在等一个电话，这电话会通知我们是一起坐一条船离开，还是一人坐一条。后来，芷诺接到了电话，但急忙转身往高楼走去。我喊她，她没理我，那不是她应该等的那个电话？总之，我们都走不了了。

我对很多梦都存有疑问，没解开又轻慢地忘了它们，唯独对这场梦，我充满了自责。我在努力想着那个答应带我们去海上的人，也在努力拉扯着自己记忆的前襟，让它告诉我，为什么芷诺接到了完全相反的命令？就在半梦半醒间我变得匆忙，害怕白昼的复位。那会儿，人们渐次从床上懒散地醒来，用冷水敷面强迫自己清醒，用牙刷使劲挖着口腔，重咳干呕几回。彻底逃开昨晚的梦之后，他们关上水龙头、归位牙具，对着穿衣镜里乍现的明朗外表，露齿而笑。现实的生活照旧，只是隔夜的时候，梦就会闯点儿小祸，让现实无地自容一番。

醒来的时候，我发现芷诺早已经起床了，正坐在我的书桌前化妆。我略表歉意地和她打了一声招呼，目光和她镜子中的目光相遇。她冲我笑了笑，说："都在等你！待会儿去海边。"

我缓缓起身，突然想起昨天并没跟她说过具体的目的地。刚要说些什么，她轻巧地补充了一句："刚才我约了蒋同学一块儿，让他做回导游！"这句透出她小小兴奋的话激起了我的不快。芷诺居然单方面约蒋生，不跟我商量下，还让他来安排她最为重视的海边行程！我特别想问她原因，却忍住了。我意识到，这兴许是她自我保护的一种方式吧。或者……她这么做只是为了避免延续昨晚的尴尬？这时，我脑袋里闪过蒋生之前那番他要追芷诺的言论，心里像被人猛揪了下，这才发现自己赤脚坐在床边有一会儿了。就这样，我烦闷地踏上拖鞋，去洗漱前又瞥了她的后背一眼。

自此，我真的开始厌恶蒋生了。出门后，领着我们走在前面的他，一副 Beach Boy 的装扮：墨镜、草帽、背心、沙滩裤、人字拖。他频频回头，和芷诺聊些我插不上嘴的话题——音乐。他会弹吉他，当然认识五线谱，光这点他就可以赢得芷诺的好感。越是在我少言寡语的时候，他越乐于神侃。偶尔口干，他便从挎包里掏出矿泉水仰头喝，那喉头像是被顽皮的孩子来回拨动的按钮。他吞咽的时候，也不忘瞅着我们。

我推托昨晚没睡好，就没再主动和他们说话。坐巴士去赤柱海边的时候，我睡了一会儿。醒来以后发现，本来坐在我旁边的芷诺，挪去了前排和他坐在一起。他们聊着、笑着，看上去十分投缘。这一幕使我突然想起了昨天的梦。打电话的像是蒋生，他先怂恿我去争取她，又从我身边带走了她！我像个傻子一样听之任之。此时，我的心情很差，外面偶有窗户刺眼的反光，让我觉得这车子是火柴盒，路过的世界捏着火柴棒急掠而过，致使火星四溅——这一定迥异于前面两人眼中的世界吧！

巴士沿着海湾倾斜着，在蜿蜒的沿海路上，港岛南侧的海岸山脉在光线下显得松软，类似巨型的抹茶蛋糕，其上，偶尔现身的豪华别墅，拥有着富人倨傲的视野和极具挑拨力与支配力的野蛮，像是蛋糕上的草莓或者樱桃。在这样的天地间，人就越发渺小，其中暗含着对人类行动能力凌厉的判断。

巴士猛然减速拐了个大弯，我们就像落入了一个圈套，赤柱市场就在下面。下车后，我们要下一个缓坡，眼前，鳞次栉比的遮阳篷往前铺伸了没多远，就一头栽进大海里，无影无踪了；那天地的接口处，是一线鱼鳞般闪烁的大海，这条狭窄的发光体也没游多远，就被一座舰艇似的岛屿挡住去路。刚下了坡，芷诺就被一家商铺的小饰品吸引过去了。蒋生看了我一眼，也跟着她过去。也不知道哪儿来的气势，我冲他们大声说:“我在下面的海边等你们！你们先逛吧！”然后，一个人飞快地穿过店铺织成的暗巷，来到豁然开朗的海边……

阳光过分刺眼，我半眯起双眼，朝观景栏那边走去。想要扶住围栏，伸出的手却被晒透的铁栏杆烫了一下，这反倒让我心情平静了许多。我干脆把腹部靠在了温热的石面边缘。梦里的大海是青石灰色的，现在的大海由近及远，越来越璀璨。我想要远眺，但目光很快被迫近海平面的光线刺激得缩回来，于是，我低下了头。眼下，一块块褐色的海岸岩石，分割着海水的波纹，稍远些的蔚蓝海水就像要捕捉住上一秒流逝的颜色而拼命追逐着什么。海面上空徘徊的几只黑嘴鸥，时常俯冲进海浪里，捣碎色彩，衔出大海思念的头绪，旋即飞离。看着看着，我的大脑开始放空，晴朗的天空下，太多空白的思绪在闪烁。也就一臂的距离，我却推诿着不敢再往前迈去，那是一种怎样的诱惑，使人宁愿用最近的距离同它若即若离？对我来说，大海就是芷诺。尤其在这样阳光灿烂的日子，我和她的不真实感就更具有压迫性——她躺在我眼前，整个躯体都成了一段镂空的旁白。谁能想象这美丽精巧的镂空艺术是由空隙组成？空隙里肉眼是无法目测的，这就造成了我面前那种最为袒露、最为广阔的不真实……

再次见到他们的时候，芷诺给我看她刚买的手机链，语气里注入了生气。我回应她，没打算持续沉默了。蒋生把意图藏在墨镜里，刚才聊的那些更像是构成这种意图的拼图吧？我渐渐觉得，自己也应该和芷诺说些他插不上嘴的话！

“感受到绝望了吗？昨天和我说的那些，我还记得。”

“……我觉得很开心呀，蒋同学是一个很有意思的人！”

“哦，你一直提，所以我以为你真觉得看海很重要呢！”

“没说不重要啊，看海也是为了快乐，快乐最重要！”

“因为什么？”

蒋生以照相为由，中断了我们的对话。然后他煞有介事地摆弄着照相机，说取到了很好的景，要芷诺站在他指的位置。他今天很少和我说话，可能这是他把我从芷诺身边支开的办法。

一种敌意隐藏在我和他之间。

终于，趁芷诺去买水的当儿，我忍不住问蒋生，“你在追她吗？”

“不是跟你说过吗？她是我喜欢的类型。”我看不到他的目光。

“可是，我已经跟她好了啊！”

“你昨晚上了她？”蒋生意在嘲讽。

“没……可……”

“没有可是！她不愿意跟你怎样。女人最不喜欢没胆的男人！”

“就算我没胆，你也不能追她啊！我跟你说过，我不为肉体。她明天就走了，你到底想要什么？”

“她咯。”蒋生并不拿捏就脱口而出。

看着芷诺娇小的身体从那边小跑着过来，我觉得自己应该保护她，让她免受伤害。她是不会把自己最最真实的想法同一个油腔滑调的人说出来的。我必须让她知道蒋生这个人真实的一面，我似乎想到应该怎么说了。

为了躲避强烈的阳光，我们坐在一棵棕榈树下的石凳上，他和芷诺在看相机里刚才照的照片。

海的颜色变得更加浓艳，我终于难以冷静，对着他们说：“蒋生！你不能这么做！”

芷诺一时呆住了，怔怔地看着我。

蒋生跟着抬起头。这次，他摘掉了墨镜，目光闪烁，像火焰囚禁在煤气灯的灯罩内。

“我做什么了？”

他克制着情绪，也可能是还没有定住神。

“芷诺，这个人对你不安好心！”我撇开蒋生，直视着芷诺。她握着相机，慢慢地站了起来。蒋生来不及说话，我就继续说，“他要追你……他正在追你！”

芷诺半转过身子对着蒋生，一脸犹疑，这使我断定她心里一定早有预感。

“我们只是在聊天，你是不是太敏感了！”

“连傻子都看得出来！”

“那又怎么了？你发那么大脾气干吗？我不觉得这有什么不好……”

蒋生也缓缓站起，他在装老好人，“是啊，难道吃醋了，出来玩是为了开心，这是干吗……”

我后退了一步，离开了树荫，站在阳光下。头发懵的时候，说话会更有力度。我半眯着双眼，看不清他们脸上的表情。心里涨潮似的冒出一句非说不可的话：

“你到底和那个姐姐搞在一起没有？”

这一次，芷诺退到了我跟前，树荫变成了绛紫色。

“你说什么啊？搞个屁啊？”蒋生被激怒了，目光烧了出来。

“我就问，你和那个姐姐搞在一起没有？”

我故意拖长每个音节，还有什么值得我关心？拆穿他，就是我来这里的唯一目的。

“你管个屁！那个女人诱惑我是她的自由，我追芷诺是我的自由。你做好自己的就行了，你不是说昨晚要上她吗？现在后悔了？啊，后悔昨晚没装成男人？”

“那是因为我爱她！你一直都在误导我，我一直都不愿意那么做！我昨晚也没那么做！”我面对芷诺，她垂着头，目光凝固了，相机绳被她捏得紧紧的。

“那是你没种！没种，还谈什么情说什么爱？”

一股热流冲向我的脑门，我真想撕开海风，闯到树荫下。

“你有种，呵，你终于承认和那女人搞在一起了！”

“这重要吗？”

“你开什么玩笑？你连有丈夫的人都敢搞，还有什么干不出来？我这是对芷诺负责！我要让她远离你这种垃圾！”

“谁要你对我负责？！”芷诺在一旁终于爆发了。这话，似分割鸡骨一般，掰开了我俩的胶着！

“这样有意思吗？现在，你没有追我，你也不用对我负责！ OK？我说清楚了吗？”她的目光掠过了蒋生，继而掠过了我，然后彻底抛开我们。她的双腿随着日光带着她离开了这片树荫，往仿古码头那边去了。

“既然你那么想知道，我就告诉你！我和那女人搞在一起了！怎么样？而且，你听好了，我还要和芷诺在一起！彻底让你变成一个失败者！”撂下这句话，蒋生提着芷诺落下的包去追她了。

我开始涣散，不是人在慵懒的时候那种涣散的感觉，而是被笃定的什么人或理想刹那间丢开的涣散。我认输了吗？这个时候难道我不应该跟过去，在芷诺面前证明自己是一个男人，一个好男人。为捍卫她和蒋生打一架？可是，我没有，我气喘吁吁地坐回树荫底下，太阳穴跳动着，耳郭里充满了海水的声音，“耳朵的耳朵”里却恣肆着芷诺扔下我的话。这一小块时间是凉的，这一小块世界是微不足道的，这一种声音却在我的心里轰鸣着……

（6）

芷诺那一晚去酒店住下了，酒店是蒋生帮着订的。这都是回来以后他告诉我的，你们可以认为，这是他在炫耀自己的战绩。总之，我已经无心恋战。沉默片刻，蒋生用温和些的声音对我说：“我和她交往了……不过，她明天走的时候，还是你去送她吧。”我看着他，默然接受了这个事实，就像咽下了一颗药，却不知道它何时发作。我答应了他，但也没想过再去证实，再去挽回什么……

漫长的时间里，我和芷诺走在漫长的路上，和来的时候一样，我缓缓地拖着她的箱子，轮子滚动时发出的沙沙声响，回荡在我们之间。这声音让我觉得，这是周围的世界同我擦身而过时发出的。杏仁色的行人们，团团围拢在垃圾桶边，磕着烟灰，眼神犹疑地望着桥下忙碌的街景；房产公司、电信公司的雇员们，向过路的人分发着明码标价的传单，他们不会发给学生模样的人，因为，他们没钱。一个白皙的男人拖着箱子迎面走来，还兴奋地回头看看。女人在后面跟着笑，“别以为你多了两个轱辘，就比我快！”她挎着包，跟芷诺，跟蒋生房间照片上的女人长得很像，都显示着同一种顺从和媚容。或许，她们的美也都与逃离有关。忘掉一场梦明明比什么都容易，她们为何还这样兴奋不已、气喘吁吁？

在地铁的月台边，我们终于并排站在了一起，两分钟以后，我要把手里的行李箱交给她，然后看着她离开。车子把她从我的视线里带走的时间不过五秒钟，所以，我还有两分零五秒的时间跟她解释。男人诉诸欲望，女人却更容易在欲望中迷失方向。当一切都消弭，只剩下两个简简单单的人的时候，他们又往往相对无言。所以，没有彼此需要的感觉，也就不存在令彼此释然的机智，也就索性互不亏欠了。这种状态在我和她之间逗留着，因无所托付而愈发倔强地逗留着。

车子缓缓地停在我们眼前。我把箱子交给她时，目光没有离开我的手，却在跳离的刹那发现她看着我，又听到她说：“谢谢你。这些天！”

我想把眼睛掩在角落里，却在目光再次与她相遇的时候，清醒了许多。她的眼神像是在最后一次探寻我内心的真实，海的真实。

“在一起，好吗？”

“嗯……”

我相信她的话是真的。我相信，当影子和梦通通掉在世界的夹缝时，我们会一起出海，伸出手去接住生命中那些真实的、坚定的意义……

摄影 / 夏弃疾
模特 / 奈奈

有别于爱情的颜色

（1）

他很疲惫，这几天都是在云端度过的。他很疲惫，甚至看都不消看，光听声音就知道是靓丽空姐推着空中餐车来来回回。“鸡肉饭”，他选择坐在窗边，虽然可以保证右手不被人碰到，可拿起餐来会更费劲些。左手边的大爷被惊扰，颇为不快，可是闻到鼻端划过的香味，又很轻易地获得了安慰，急切地说：“给我来两份牛肉面。”

他被大爷搞得哭笑不得，又不能表露出来。这种尴尬的境地下，他决定转向窗外。外面是一片亮堂的白昼，相比于任何地上的屋脊，平流层的视野要开阔许多。飞机有时划过浓密的云海，有时处在稀薄的雾上，地面上的城市或是乡村则会若隐若现。它们好像都长一个样儿，在宇宙空间里，所有星球或许都一个样儿吧。他舀了一勺鸡肉饭，尝出了满嘴人造皮革味儿。想象一下这碗没有情感的料理，流水线作业、标准化配送，仅供解决食道和肠道的运动，否则这万米高空上人就会石化、硬化。抛开那些诡异的想法，他放下勺子，等着困意袭来，间隙，他想起了女友，以及他东拉西扯勉强成就的几次露水情缘。几天前的重庆之旅，他就遇到了一位女孩儿。她是动车的服务员，他们足足有五个小时在空空荡荡的车厢里聊天，到达目的地时已是深夜。他们也就顺理成章地去消夜睡觉了。第二天清晨的云雨也并没有带来更多激情，相反眼见那不忍直视的白色凌乱，他更想赶紧收拾好滚蛋。想到这儿，他咧嘴笑了笑——配合一个混蛋想法的男人是最有人味儿的吧。可惜他没办法看到玻璃里映出的自己的样子，除了更远更远的云海和碧蓝。

困意不会放过这个孤单的空中飞人。和过境的黑云一样，他的睡眠一泻千里。在向睡眠缴械前，他脑子里回顾了一句漂亮话——她的修辞带着那无与伦比的柔软腔调，像是冬日睡前暧昧的抱枕，总让他情不自禁地陷入幻想。特别是眼前的现实逐渐被困意席卷前，想着包裹这腔调的肉身，更会让人神魂颠倒。于是，他拼尽最后一点儿气力，偷偷地打开手机，翻了翻他们的聊天记录。贴近屏幕听她的声音，跟贴着她的脸颊没什么两样。

和那个列车员不一样，她是他在专辑发布会上认识的姑娘。让他记忆犹新的是，当他演奏完某首自创作品后，她款步走到观众席最后一排落座。细高跟放缓的步态，随着飘肩的长发一同晃动着的波光粼粼的眼神，还有她绣在连衣裙领口的神秘图案……他还是不敢相信她会在这商场半开放的展台一角坐下，开始听他重复过不下百次的滔滔不绝，和那一堆有关音乐的"高屋建瓴"的陈词滥调。

发布会结束后，她也和一哄而散的歇客们消失不见了。他有些落寞，转脸收拾自己并未签成任何字的马克笔。

"不好意思，请等一下，可以帮我签个名吗？"

本打算默默离开、混入商场人流的他，被美妙悦耳的声音吸引。回头一看，他稍稍有点惊讶，招呼他的竟是刚刚那位姑娘。见了那么多冷漠的观众，他也变得冷漠了，唯独这一次，他竟有些慌张。

"哦，没问题，签……在哪里？"

"签"字拖了好长。她显然是有备而来，直接把拆好包装的专辑封面放到他即将离开的桌面上。

他憋足了一口气，等重新呼吸时，鼻腔带入了她身上的气息。她应该擦了一点儿香水，早春的味道，和她肉体散发的活跃气息一同终止于她的长发里。而其中一绺自然卷，刺中了他握笔的食指关节，瞬间让遒劲的力道漏了个干净。

"好了。不好意思，可能有些累，写得不够好。这样，我给你再写句话吧。"

他有些歉意，刚想动笔。

“可以了，您辛苦了。刚刚的分享很棒，比起听你说话，我更喜欢你的音乐。”

她嫣然一笑，目光正好触到了他有意偷看的视线。

那双眼睛很亮，透露了很多信息。这才让他感到真实，真实到骨子里。

“愿闻其详。哦，是这样，离我的飞机起飞还有四个小时，要不，我们就在楼下咖啡厅一起坐坐？如果你有时间。”

他把签好名字的专辑递给她，等着她的答复。

“巧了，我三个小时以后飞，不如我们一起去机场吧。”

接下来的一个小时里，他们交谈甚欢。她总能领会他说话的用意，甚至能超越他的表述，去一个双方都够得到的话题。他知道她要飞去北京，而他则要回武汉去。他也感受到她对他音乐的评论并不算什么漂亮话。但一旦论及重点，她就轻易绕开，那轻盈狡黠的姿态像极了提起裙裾怕被溪水沾湿的画中少女。

“对了，那你平常都是这样到处跑吗？”

问问题时，她的目光有时飘向一边，一定是在想些别的什么。他以为她在想下一个问题。

“要看公司的日程安排了，这些……”

“那就是说，你也没办法决定吗？对了，那你喜欢这种生活状态吗？”

她总是抢占对话的先机。在这机场一隅的半开放式咖啡桌前，她显得从容不迫，应付他的问题也游刃有余。

“习惯了，只是有时会无聊。你呢？”

“我吗？过来参加闺密的婚礼。那就是说，你还是喜欢？无聊，就是寂寞吧？去陌生的地方，整天看到的都是些陌生面孔，还有那些公事公办的工作人员。”

他的确很寂寞。寂寞就心生万种念头，当然，一旦有投怀送抱的，这寂寞就再也耐不住了！

“你很了解我……我们这一类的人哦。可惜，我们没能遇见得更早。要是昨天的媒体见面会碰到你……”

他搓了搓手，这是寂寞耐不住时的小动作。此时，他的目光集聚起足以烧穿他们间空气的能量。

“那你可以来北京看我啊。我们可以那时再见面。我要走了，贾茂先生，很开心认识你，有空联系。”

她匆匆起身，像抓起一副塔罗牌一样带走她镶钻的手包。他看着她的背影。苗条的身姿、烧灼的欲望，还有下一次会面！

也就是这一次见面，终于让他逮到了机会。他这次去北京，名为参加一个校级的音乐论坛。三天时间，闲暇时间更多。所以在离开女友去机场的路上，他兴奋地通知了她。而她则用此前提到的那种撩拨心弦的初醒般的雏声说：“你几点活动，今晚吗？”

“七点开始，央音的学术礼堂。你要来吗？”

“哦，那离我不远。晚上看呗。”

她这几句话，他听了不下十遍，都能背了。眼瞅着就要睡着，可总因他们间盘桓不散的感觉猛然清醒。清醒那么一截，又会暗暗期待即将发生的美好……好像过了很久，又好像只争瞬息，舱内广播说两分钟后即将落地首都机场。

（2）

小茂和他的女友玉荔是大学毕业后第二年在一起的。那会儿，他们都在准备考研。而她每周都会为他补习政治。一点儿也不奇怪，女孩儿为了心上人，坐上最早班的公交去 30 公里外的培训班。为了让心上人知道得更详细，她努力记笔记，尽量让自己在沉闷的 5 小时里不错过任何题点。下课以后，她又会坐 1 个多小时公交去他家里，帮他讲解，照顾他烦躁不安的心情。

小茂渐渐接受了她的付出，渐渐喜欢上了把她呼来唤去的感觉。一次雨天，有些伤风的他让她去买药，她并没有告诉他自己也发烧了，就冒着雨出门了。过了 20 分钟，他打开门，看到她浑身湿透了，瑟缩得像一只流浪猫。推开门，她强自欢笑，把拎在手里的一个濡湿的塑料袋递给他。也许是那一刻屋内阴影和屋外借着她打湿的罩衫散播的微光的缘故，小茂突然觉得她也有楚楚动人之处。

“你在这儿等我一下。”

他转头去了卫生间，拿了一条干浴巾，这条干浴巾有生以来头一回搭在了她的头发上。他反复搓揉她沾湿的头发，扶她进了卧房。床头凌乱地占着过季的衣服和几本教程。看了这些，他突然想起这些天她的辛苦，只是没有表现出来什么。

连温柔的预备都没有，就把自己狠狠给她了。而这不是他的第一次，是她的。

爱情生活中本没有那么多必要的感觉，说多了就不是爱情，反倒矫情。三年的爱情，他始终牢牢地把握着方向，而她则如此被扣押着、收留着，所有山盟海誓都被他轻描淡写，而她有着领悟这些话的本领。比如，玉荔听说小茂在外面和别的女人暧昧，却独独相信他对她的许诺，他说过，肉体是借去用用，心在你这儿。当然，她也会在独自等待他回家的那些漫漫长夜里，构思着一个诱惑他的女孩儿的轮廓，之后，她又会强行把自己的身影挤到这恶俗的构思中。她会手捧着一摞教材，想象小茂看到她时坚定的模样:“玉荔，我们回家吧！”

玉荔喜欢陪着小茂，听他弹琴，看他去网吧刷夜。这是一个对立冲突吗？在别人面前，小茂永远都是透明精致的，他才华横溢、阳光健康，只有在她面前，他才会反复无常。弹错音的时候，他会疯狂地砸琴键，他会把乐谱撕得满地都是，然后一头栽到夜色里，找几个朋友玩游戏。那时，她会跟他出去。就算他不喜欢，这也是她独享的特权。他们就在一起熬，直到他赢了对手，又回到安静的壳里。还有就是性，他追求刺激，可能受到金斯堡等诗人的影响。他一度沉迷于各种游戏中。感官的东西总是稍纵即逝。在她心里，挥之不去的是床头他半裸的模样：带着过分满足后的腻烦，那空乏无力的眼神刺破纱窗的冷冷气质。

他是复杂的，只有她知道这些。小茂却不认同。他原本没必要去北京，却为了另一个女孩儿推掉了一个更重要的活动。这也不是他第一次随心所欲了。

六点半，他很艰难地从复兴门立交桥下来。晚高峰时间拥堵的北京配上沉沉的暮霾，不会点亮人内心一丝一毫。小茂对央音的活动并不期待什么，这一次主角不是他。也可以说，这个活动对发迹什么的没有任何裨益。除了……

走入央音的西门，来到暗黄色主楼背后的小广场上，他的目光四处搜寻，幻想着从稀稀拉拉的大学生中间找到她。她会不会坐在那现代派的艺术造型上，倚靠在仿古围廊边？又或者她踱步去天天艺术书店里边听店里播放的舒伯特，边翻翻最新的一期《乐迷》杂志？没有，他没有找到她。这让他瞬间落寞下来。

他不想看周围了，好像再多一点儿迹象就会彻底掏空他，只想盯着正前方和自己脚尖的一段距离。他爬上楼梯，来到活动教室的一角坐好。时间像黏稠的蜡液般滚烫地滴落在他的心底，又会在冷却后结痂，噎住他的呼吸。看着宣讲席上惺惺作态的教员和场下千奇百怪的听众，他恍若置身梦中。一个永远破解不了的谜团被看似千篇一律的谜面捂得严严实实！

活动结束，她没有出现。他拿起手机盯着空空荡荡的聊天记录，心中猛然嗅到了一丝肇事逃逸的快感。

“也许这一切都是我幻想出来的吧。”他自语，反倒如释重负了。

可是，命运恰逢其时地给他递来了口信。她回信了！

“抱歉，我刚睡过了。你还在那里吗？”

他的手不觉抖了一下，仅在 5 秒之后，双手拇指就慌乱却精准地给予了答复。

“我说呢，等你好久。现在在哪儿？还见面吗？”

“我待会要去和朋友 K 歌，一起吗？”

她回复得也很快。

“方便吗？我又不认识。会不会……”

“国贸这边的温莎，888 房间。”

他本来想回复他自己怕生什么的，但很快又删除了。也许这个女孩儿就是想让他过去，陪她一起，她也许根本不想参加这个局，而他又刚好能把她提前带走。还是去吧！

趁着夜色，他慌乱地坐上出租车。想起而后兴许会发生的快乐，他便不太在意见陌生人的尴尬了。反正都是初来乍到，应付应付就行。正当他内心涌起无限喜悦，盯着车窗外滑翔而过的一座座矩形的商业文化地标时，手机震动了。

对，是玉荔。玉荔的来电。

“喂，我刚忙完，今天好累。”

他不由分说，抓起电话就想挂断。

“哦，没事吧？今天刚到就要去参加活动，你太辛苦了。我想……”

“好了，你早点儿休息，我要到酒店睡觉了。就这样吧！”

他挂断了电话，没等她开口说接下来的话。他也相信她不会再回电他，至少会清净一整晚。这是一种特殊的游戏——把玉荔的面庞放在其他女人的身体上，把所有边界都搞得模糊不清，就像喝多了酒一样，眼见的世界都会莫名地向你示好，让你拼凑出原本不属于你的快乐！想到这，他决定待会多喝一点儿。

小茂不喜欢唱歌，比起古典音乐，流行音乐没什么创见。他不明白为什么会有人跟嗑药似的疯狂迷恋某歌星的新单。人间荒诞！他不明白，为什么会有人像减脂仪器上的表盘一样围着屏幕里面蹦来蹦去的舞者甩动身体。这种尴尬的感觉，嗯，很像陈奕迅《K 歌之王》里唱的：一群人疯来疯去，唯有一个心灵健康的人在中间手握话筒，默默歌唱……

不过，人情稀薄的地方，总有蒸腾而起的欲望。小茂并不知道自己是怎么在有些昏暗的灯光下从一大群摩登男女中分辨出她的。看见他，她并没有显得很兴奋，最多就像是对待一个有心赴约的好友一样，招呼他坐过来。

“茂先生，你能来我很开心。我们先喝一杯！”

要从隔着的四五个人面前挤过去，有些费劲。他们也并没有想要认识他，只是礼貌性地报以微笑。几秒后，他们又都回到某人的歌唱中。唱歌的是一个满脸痘的胖子，他斜戴着帽子，帽子底下还绑了头巾，真当自己是 MC Hotdog 了。小茂一直不太喜欢业余班子的饶舌，他们动手动脚，像极一群人在抖干衣服上的水。他艰难地跨过几个人，还得时刻小心满桌满地的酒瓶。

“嗨，又见面了。”

他终于看清她了。她画了夜场妆，眼影很重、睫毛很长，嘴唇是香的。她戴了一条 agete（阿卡朵）的水滴状项链。每隔十秒钟，一束循环游走的灯光都会洒在她突出的锁骨上，甚至胆敢揭露她宽松束胸的轮廓。另外，天鹅绒的齐臀连衣裙更显出她白皙修长的双腿——它们大方地交叠着，伸向地面的末端是一双银色的小高跟。

“房间订小了，过来一点儿没关系的。”她略显歉意地微笑，紧接着端起一杯半满的洋酒递给他。

“开心就好！”

随着长发从肩膀的滑落，她也拿起了酒杯。这使他看清了她脸上的红晕。美。

“刚来吗？”

他怯怯地回应。

“在说你自己吗？从现在开始，你不用认识他们，因为以后你们根本不会再见。”

小茂还在回味这句话，目光有点飘忽。他根本不能喝酒，只半杯，一会儿就有点醉意了。

“你的专辑我听了！”

可能是音乐太吵，她突然凑到他的耳边。一股暖流让他差点儿没控制住而扶到了她的膝盖。

“有些曲子还不错，我喜欢那首《爱，一支歌》，好听。”

话音未落，她就牵起他的手。

“我很想听听这首歌的创作故事。”

小茂感觉到胃里到手心的灼热感。他的内心已经开始预备起去乐土的行囊了。

“现在吗？”

“当然不是，这里太吵。这样，我住隔壁酒店 2718 房间，把房卡给你，你先过去等我吧，免得在这里放不开。”

说着她塞给他一张房卡。

“洗个澡，等我弄完过去找你。”

小茂刚想反手握住她的手，她就把手缩了回来。

“快去吧。”

（3）

玉荔最喜欢的礼物就是小茂在她生日时送给她的一个小鹿吊坠，因为它见证着爱情最初的时候。记得她对他说过，第一次见到他时，心里就像有一只小鹿在乱撞。女孩儿无心的一句话，有时就会戳中恋人的心。所以，那天他为她戴上这只吊坠时，温柔地说:“系在你的脖子上，就不会再在心里乱撞了。”

这些快乐的时光，在某些孤独的夜里就会变成维系体温的办法。类似的办法玉荔还能想出很多，虽然时间隔得有点久，却依旧闪着光。她瑟缩在被子里，怀着侥幸，心想着小茂那边真的睡着了，或许他还能在今夜梦到她。可她睡不着，近来她在日记里给自己套了个“神经衰弱”的名词。可能是搬去了他家的原因，她有些害怕看到他爸妈，虽然他们不常来这间屋子。可是，每次小茂妈都会带着专属法官般的审视目光打量她和他们的房间。她打心眼里不喜欢玉荔。她曾对小茂说过，玉荔这孩子太瘦了，以后怕是不好生孩子。小茂自是不以为然，该坚持的他半点儿都不会退让，但又或许是他并不在意呢？就在今天下午，她们又碰面了。小茂妈来取东西，玉荔刚给她端了杯热水，她就当着玉荔的面冲着一根床边捡起的头发说:“满地都是，住过来也要学着收拾一下嘛！”玉荔刚想解释，小茂妈就气呼呼地走了，房间里剩下的除了玉荔还是玉荔。

的确，神经衰弱的另一个表现就是掉头发。考研的压力，对他的牵挂与担心……所有这些都让玉荔精神紧绷。也是在今天，玉荔的妈妈也把她说了一通。玉荔妈原本就不主张让她留在异地考研，而是希望她回家帮自己打理超市的营生。所以留给玉荔尝试的机会已所剩无几。说来也奇怪，玉荔已经持续两年没有考上了。今年，是她最后一次尝试的机会。她跟小茂说过，如果再考不上，她可能就要回家了。当时小茂支吾以对。她知道，有些事情他不会付出，因为就算付出，他也无能为力。

太多无用的逻辑阻滞思路，太多灰色的念头让人失望。她索性把枕头竖在脑后，倚靠着的角度刚好能看到窗外凌乱的夜色。现在是北京时间深夜两点半。一阵江风顺着遥远的汽笛飘然而至，像一个多情的幽灵，萦绕在那些失眠人的窗边。在夜晚，一切都不受限制，道德也会暂时隐藏。此时的玉荔有些崩溃了。她急需一剂解药，让她在内外交困之时，重整旗鼓。同时，这也是她做过的最疯狂的决定，给小茂打电话。

"喂，谁啊，这么晚？"

"怎么吐得乱七八糟！"

"谁，我跟他说！"……

玉荔没说一句话，她没有拨错号码，她挂了电话。

（4）

小茂去了 2718 房间，房卡没错。推门而入，一阵玫瑰的香味扑面而来。通过一个两米长的走廊，他看到了一张白色的大床。床上凌乱地摆着几件衣服，摞在床头的枕头上还留有一个人形的凹痕。脚头的地毯上，是一双歪倒的豹纹高跟和不远处张开大嘴的银质 Samsonite 旅行箱。箱子里是一个迷你版的女性乐园。睫毛膏、丝袜、吊带裙、Chanel 的粉底盒……他竟蹲下来发了会儿愣，心底萌生出一种儿童时期观察蚂蚁搬家的乐趣。这是他第一次悄无声息地来到一个女人的腹地。除了窥见她的所有隐私之外，还能没有时间限制地暴露在她残留的及她即将回头补充的迷幻气息中。酒劲上来，他开始有些分不清方向。起身直接扑倒在那堆枕头中，鼻腔里全是她的气味。几秒后，他翻过身对着天花板上的主灯发呆，意外的是，有那么一瞬间，他想到了玉荔，想到专属他们的爱情里最快乐的一次旅行，那次，他们也住在这样的酒店。他们相对而坐聊了一晚上。他们都不太能喝，从楼下便利店买来的小红酒，第二天竟然还剩下一半。可是，那一晚，她说了很多过去的故事，她说起少女时代幻想的男友是什么样子：一头蓬松的头发，一副温暖的笑容，还有永不疲惫的阳光、篮球、操场和几张偷偷晾在架子上的床单……

一觉醒来，已经是深夜两点了。小茂有些奇怪自己竟睡了这么久。回过神来，他猛然意识到她还没有回来。心底第一次产生了厌烦情绪，也第一次感到一种贯穿全身的空乏感。他想到了德行问题，玉荔也会被这个问题带出来。想起之前他的应付了事，和她一直被置于尴尬的境地。他心生退意。

可是她偏偏总能现身在他犹豫不决的时刻！

门突然开了，他先是听见两个人的声音，再是看见两个人的身影。竟然是她，还有刚刚唱歌的那个胖子。胖子一只手架着她，另一只手摸着她的腰，表面上看像是在掌舵。

就在这一瞬间，他们的目光相遇了。胖子收回了手，遮羞般地说了句："她喝多了，睡一觉就没事了。"

小茂什么话也没说，过去帮他一起把她扶到了床上。她满身酒气，嘴里含含糊糊地叫嚣着什么，让人生厌。

"好了，我走了。你好好照顾她吧。"

胖子快快离去。门紧紧关闭后，只剩下他和烂醉如泥的女人。

也偏偏在这个时候，她吐了，来不及起身，就全部倾倒在床下。小茂见状，只好拍了拍她的后背。她眼里鼻子里满溢着污秽，场面不堪到极点。

也偏偏在这个时候，玉荔来电话了。

一切都结束了……

（5）

出于道义，他一晚没睡，心如乱麻。他也不知道当时为什么会接电话。绝不是忙中出错，一定是潜意识里想让玉荔知道这一切。他想终止一切毁掉一切，却不断地陷入回忆的麻烦中，沉得很深很深。等到天蒙蒙亮的时候，他独自离开了酒店，安排好行李事宜，乘早班的地铁去了机场。他一刻也不想留在北京了。北京太大，他连过客都算不上。

玉荔又整晚没睡，她榨干了自己的泪水。看着清晨镜中自己过分沮丧的脸，她再也扛不住了。很多东西没有亲眼看到和听到，她永远是不会相信的，因为内心残存的爱让她学着无限度地袒护他。可是，现在一切都不存在了，她什么也不是，她觉得自己蠢到了极点。于是，她决定在清晨收拾东西，离开他们生活的房间。这里根本不属于她。路过楼下的那些石楠树、花，还有健身器械时，她觉得这些曾经熟悉的东西都像是第一次看到，是毁于一旦的陌生。她直接去了长途汽车站，在摩肩接踵的人海中，像是云雾里的徘徊者。

小茂没找到玉荔，他知道这次真的出了差错。他给她不停地打电话、发信息。他说自己错了，想要一个辩解的机会。玉荔当然收到了这些，只是无力回复。今天晴空万里，风和日丽，她却一个人小心翼翼地坐在候车大厅一角，攥着一张半小时后出发的车票。她害怕抬头看到相对谈笑的小情侣，害怕看到利用假期去郊游的温馨一家子，她更害怕其他人窥探她。他们侧目而过，偶尔会交头接耳。就是这么一个小举动，都会引发玉荔内心的地震。所以，她低下了头，让长发尽量遮住侧脸，目光只能看到狭窄的手机及三十六个未接电话的提示。她想过关机，可每当手指触到电源键时，她又无力按下。她想起他们的一次郊游。他带她去木兰天池玩，怎料到一进山大雨就倾盆而下，他们慌乱在一个马棚旁避雨……三年时间里，每一段回忆都摇头摆尾地围拢过来，每一种事后的感受都侵占她的悲伤沮丧。她只好像过去一样，将每一次选择归咎于情不自禁。情不自禁地，她接了电话。

“玉荔，你在哪儿，急死我了！”

“长途车站。”

……

（6）

见面是痛苦的，小茂终于找到了玉荔。他起先默默地坐到她身边。他们谁也没有先开口，又像是在享受这 24 小时内最宁静又最翻江倒海的时刻。玉荔没有告诉他车已经开走了，仍旧将车票紧紧地捏着。

“你饿不饿？”

“……”

玉荔一动不动，抿了抿有些干裂的嘴唇。一缕发丝紧紧地贴在太阳穴一侧。

“我去麦当劳给你买开心乐园餐吧，你不是最爱吃那个吗？”

小茂指了指二楼麦当劳的方向，但并没有起身的意思，努力朝玉荔挤出一个他觉得还算自然的笑容。

没有回应，又是长时间的沉默。玉荔像一株风干了的植物，安静得了无生气。

小茂从没见过这样的玉荔，这样的她让他如芒在背，喘不过气来。

“等我一会儿。”他选择去麦当劳，暂时逃离这种压迫感。

“……不要浪费时间了。”玉荔在他起身的瞬间说话了。她依旧垂着头，刘海投下的阴影遮住眼睛。

小茂的心瞬间揪了起来。

“玉荔……”

“如果你没有什么要紧的话说，我要走了。”

她又看了一眼手中作废的车票，起身握住行李箱的手柄。

“你去哪儿……”

“你觉得我还能去哪儿？”

玉荔终于抬起头看向他，泪水迅速汇集于眼眶，很快就溢了出来。她的委屈已经无法靠任何东西掩盖。

“……我和她并没有什么，真的。”他叹了口气，“并不是你想的那样……”

“呵，陈词滥调。”

她嘴角勾起一抹苦笑，眼神黯淡。

小茂把昨晚的事讲给玉荔听，一五一十，事无巨细。

“你相信我……我不属于那儿。”

他靠近玉荔，紧紧地抱住她。

“我属于你，属于这里。”

不知道为什么，这句话里，玉荔竟然听出了一点点委屈和撒娇的意味。

“玉荔，跟我走吧？！”

小茂伸手牵住了她，她下意识地想要挣脱，却被他握得更紧了。

“别闹了，跟我走吧，我记得你一直说想去那个小花园酒店，今天我们就去那儿。”

这句话戳中了玉荔心中的最柔软处。没错，那个小酒店是她一直想去的地方。她的手放松了些，可身体还是紧绷的。

“不是说，等我考上了，你才带我去吗？”

小茂看到了事态的转机。刚刚的一阵慌乱中，只有这件事才是他唯一有备而来的。他明白，这是玉荔这一年最期待的事，打动她最好的办法就是强制去做。

“走吧，时间刚刚好，我已经买好了两张去京山的票。现在就跟我走！”

《有别于爱情的颜色》
原创配乐

他拉起她。挣起的一瞬间，玉荔突然感到时间回到了从前。身上原本消散的力量又被他的臂力征服，它们接受了改变，又一一有序地回归到她身体的每一个部位。为什么女孩儿总是这么好哄？除了懊恼自己内心被他掌控的小小缘由之外，她仿佛找到了快乐的泉眼。泉水是从一座名为回忆的那边流下来的。就在那一瞬间，他的目光竟然那么清澈，像是这一汪泉水里的倒影……

小花园酒店和那些博客上介绍的一样迷你。它像是从山脉中延伸出来的一样，远远看去又像是一只咖啡杯的耳朵。依着山势流线形的设计，加之精美的园艺序列，给客人世外桃源之感。今天不是周末，游客很少，小茂和玉荔更有种逃逸世俗的快感。刚开始，玉荔还会责备自己的不争气，可一看到入口的那棵古树，她就重新有了精神。

“和推荐的图片一样哦！真的很像《阿凡达》里的生命之树！”

小茂偷偷看了她，心里嘀咕：谢天谢地，玉荔还是玉荔。虽然我不知道自己有多需要她，可是，我能确定的是我害怕失去她。

他一路帮她拍照，直到绕到了最上层的酒店大堂。这里融合了美式田园景观与英式皇家庭园的园艺设计，虽有处处刻意迎合，但也缔造出一种宾至如归的亲切感。小茂径直走过去换了房卡，他已经提前订好了房间。得知这些，玉荔又开心了一些，她不会再纠结小茂认不认错这件事了，小脑瓜里想的全是

“他还是爱她的”这种名为少女逻辑的简单东西……

于是，那一晚，真的就像一切都没有发生过一样。那些困扰玉荔的烦恼真的全部消失了。有他陪着，不用担心考研，也无须担心家人的诘问。她就是她，在他们房间延伸出的小庭院里，她就是一朵被爱情灌溉的小花。她被月色笼罩，被山风吹拂，被枝繁叶茂间的昆虫欢快地打扰；她可以忘掉时间，忘掉黑夜，忘掉奇彭代尔式样的桌椅，忘掉捏造的、虚妄的和孤独的。这人造天地里，她和小茂像是天造地设的自然景观。他们会在星光下呢喃，也会在通透的玻璃天花板下偎依而眠。此刻，在激情结束后望着夜空，吐露心声的感觉真的很美妙。

“还在生我气吗？”

“嗯，不过，我也要谢谢你。”

“可以功过相抵吗？”

“不要混为一谈。”

“那我们再来一次！”

“坏蛋……”

（7）

玉荔醒来，突然发现小茂紧闭着双眼哼哼唧唧，她轻轻地拍了拍他，问他怎么了。小茂不连贯地说自己胃痛得厉害。他连说话的力气都没有了，玉荔一下睡意全无，反手摸了摸他的头，烫得厉害。她赶紧为他倒了一杯热水，又拨通了大堂电话。那边的答复是，下山的班车最早也要早上6点钟到。这之前他们也没有任何办法。

挂了电话，她的内心乱成了一锅粥。看着床上缩成一团的小茂和窗外无垠的黑暗世界，玉荔心中的浪漫全被一笔勾销。她甚至开始后悔，后悔跟他来到这深山老林。怎么办，她该怎么办！玉荔急得哭了出来。

“打给我妈……”

这句话像是从小茂唇间脱落的痂。在他心中，此时的玉荔也许根本救不了他。玉荔的心重重地砸落到地板上。她虽然不想这么做，却已在拨通电话前做好了最坏的打算。

“阿姨，我是玉荔，小茂他胃痛得厉害，怎么办！？”

“那快带他去医院啊。”

“不是的，乐老师，”玉荔终于忍不住哭了出来，“我们在山上。这里什么都没有，最早的一班车要等到6点。”

“你怎么回事啊！怎么在一起就没好过啊？净给我添麻烦！你把电话给小茂！”

玉荔颤颤巍巍地把手机递给小茂。她本不愿听到接下来的对话，可是听筒根本压抑不了另一端的怒火。

“小茂，你赶紧给我回来！你不要跟她在一起了！回来就给我分开！”

话音刚落，电话就挂断了。此时贴在耳朵上的电话滑落到小茂的鼻尖。看着全无力气的他，玉荔慢慢地将手机拿下来，小心地放到他的枕边。她什么也没说，静静地坐在了一边，揉着他的肚子，熬着时间……

第二天，她将小茂送回了家。他的妈妈正好在家，一副既愤怒又心疼的模样。小茂妈刚想说些什么，玉荔就进屋清扫了自己脱落的头发。随后，她转身看了看那对母子，放弃了说些什么的打算，过了一会儿，又像是想到了些什么，转身拿起行李走出了大门。

“把门带上！”

背后是小茂妈板结的声音。

对，她好像忘记关门这回事了。对，她看了看门把手，心中突然鼓起了一种力量。“哐当”一声，她用最粗暴的力气，使劲制造出足以震荡心灵和大地的颤动。

这震动结束时，她已踏着最轻盈的晨光远离了这里，远离了她自己，远离了一个源自泉边少女的梦境……

夏天，远端的原点

公元847年 长安

今夕何夕，见此邂逅。

——《诗经·唐风·绸缪》

可是，邂逅是一件无须绸缪的事。它在尘世中，轻描淡写地袭来，像一阵突如其来的春雨。它滋养未出的生、乍初的灵，给你环抱它的祈愿，又嘱你无法逾越的界限。生来与邂逅相伴，死亦无憾……

（1）

对一千年后的水妖而言，她的生活并没有改变多少。说来也奇怪，她拥有与世无双的天赋，就是清晰地记得自己每一辈子的生活。凡人会狭隘地以为转世轮回，她却是个例外。对她而言，生活好像从来没有中断过，如一缕沉香，续灭前尘。

水妖是平康里的一位伎女[1]。她未曾见过自己的父母。听妙坊的老伙计说，她的母亲是醉吟先生[2]帐中的舞女小蛮。既然没见过生母样貌，她就更无从见到其曼妙的舞姿了。传说，醉吟先生俯仰亭中秋月，白须抚过掌中，兴致一来，便命小蛮于一叶枯莲之上，随着琵琶女错杂弹奏的《六幺》[3]，即兴成舞。那晚的月色正巧迷离，在它的掩映下，小蛮优柔回婉的软舞人一种旷世的光洁之感。后有诗云："卷舞枯莲衔诸伤，人动影动月凡煌。"

可是，这样的人间美景却未必留得住小蛮。相传她爱上了太常侍的礼佣[4]璞玉，他们私奔去了慕山的桃源，想要永远和炊烟林泉相伴。璞玉抚琴，小蛮舞蹈。不想，这样不食人间烟火的般配让上天倾慕，随即想拿去占为己有。于是，小蛮在睡梦中跌入山涧，伤心过度的璞玉用琴弦刎颈，追随她而去，人世从此独独留下半个月大的水妖。

幼年的水妖继续着父母的不幸，十三岁时，当地的山匪贪恋她的美色，派人去寻她。还好她提前得知，继而远走他

[1] 指古代女歌舞艺人。

[2] 唐代诗人白居易号。

[3] 《六幺》又名《绿腰》《录要》《乐世》，是唐代有名的大曲之一。

[4] 唐朝太常寺的低阶官职。

乡，去到长安城的狭邪[1]靠捣衣度日。她起先并不知道自己遗传了小蛮的舞蹈和璞玉的乐律基因，在长安一片月、万户捣衣声中，她哼起了自创的小调，并让这乐律通达周身。这几乎成了女工们每天必看的节目。她撩动麻衣，在苍凉模样的月影水影下律动，她轻抛手中丝绢，又会让脚踝浸没在水中，轻溅水花，譬如星辉。

某一天，她跳完一支舞后，发现之前的观众都不见了，只剩下一个有着粗糙嗓音的人影，他边拍着巴掌边说："请问姑娘住在这烟霞巷吗？看你的舞蹈就像这春季清爽的扶芳饮[2]，只不过，姑娘知道自己跳了多久吗？"

十四岁的水妖怎会知道？她每一次即兴起舞都像是进入到一个幻想的时空里。就跟做梦一样，她只要不想醒来，就不会停止舞蹈。

"那么多人都回了，半个时辰吧？"

话音刚落，她就想起了什么——别忘了，面前是一个陌生人！这人该不会是山匪差来试探她的吧？她赶紧收拾起自己洗罢的衣服，警惕地想要离开。

"姑娘，且留步，可以告诉我你的名字吗？"

那人影终于从巷口的黑暗里迈了出来。月亮也碰巧在那一刻从云中透出，河道随即在他们间筑成一堵光的桥影。水妖没

[1] 指古代风月场所。

[2] 唐代饮品。

《夏天，远端的原点》
原创配乐 1

敢抬头，也未作声，端起木盆就往一段石桥上夺路而去。

“姑娘，我并无恶意，只是偏爱你的舞姿和你跳舞时的忘我，你唤起了我在塞外时的记忆，胡人的舞蹈总给人以大化自然之感……”

听到这里，桥上的水妖勉强回过头来。桥下的那人悻悻站着，像是未做指望地跟了几步。他身穿荷色宽衣，清秀俊朗。月光下他惊喜地仰着头，发泽飘逸，而那金色发髻强健无比，它既象征着尊贵的地位，又适时象征着理性的思维，掌管着全身的秩序、掌控着他的一言一行。就连稚童也能一眼便看出他的军士身份。

“姑娘，请问你叫……”

“水妖，我在平康里……”

她第一次明白什么是害羞，那是脸颊泛起的潮红，心脉有力的搏动；那是运河河道透出的水荇气息，梅子熟透的雨意。

“下雨了，没想到这长安也会遇上春雨。”

“也可以说，是这春雨惯坏了长安啊。”

两人相视一笑，可惜这雨越来越顽皮。

“姑娘，请回吧，忘记说了，我叫范长安。今天的春雨真的把你我惯坏了啊。”

水妖忍住内心的万千思绪，转身匆匆离开了。凉夜有些阴沉，她的内心却盛开在了似锦繁花中。

（2）

踏进平康里的烟霞巷，就像走入一只巨大的香囊。脂粉和烟尘、银铃与巧笑，会让所有自以为误打误撞到这里的年轻公子立马腾云驾雾起来。他们放缓脚步，四目张望。那些妆容妖冶、身材曼妙、穿着孔雀罗华衫的女子，则轻弄丝绢，空许心愿，让他们心旌摇荡、灵魂出窍。

在万千衣料里，水妖尤其喜欢孔雀罗，据传最早是一个叫祖珽的纨绔子弟将这孔雀罗带到烟霞巷的。他沉迷美色，亦聪慧过人，对这世上的各类织物如数家珍，由此深得青楼女子们喜爱。后来，这里的女子几乎都穿了这种料子的织物。撞见光耀四方的神气和那胭脂丹红的脸蛋，就连女子都会害羞得掩面。光有衣物还不够，宣宗以来，往来的男客们偏爱起了会抚琴作画吟诗的才女，而往年间全凭狭邪趣造的场所却门可罗雀。水妖便是袖馆馆主想培养绝技的女子，而水妖她并不喜欢在那些浮华公子面前起舞。因为不管面前的是达官显贵还是白门庶出，只要踏入这馆内，就只带着狭邪心态，才女只是狭邪前的装点。

回到袖馆自己的房间，水妖的心久久不能平静。今日遇见的这位与长安城同名的男子，与那些人不同，他情愿在月光下伫立半个时辰，也不肯惊扰到她的舞蹈。更让她开心的是，他将她的舞蹈与塞外胡人的作比。她曾看过一众游行艺人表演的胡旋舞。学着胡旋女纵情飞转宽裙时，她总感到自己就像在加速的时间里拼命成长的一株百蕊。这样的感觉也许就是他口中的大化自然吧。想起桥上的对视，她腮颊一热，想到他如一株挺松流转于花街柳巷那些荒诞又干瘪的面容间，她反倒觉得踏实。

梳洗罢，带着迷蒙的神采，水妖凭栏俯瞰运河河道和对面茂密的皇家猎苑和深深宫闱。此前她总在飘荡无聊的放空中迎来睡意，这一次她却在目光中注入了些念想。

她并没有再邂逅那个男子，也并没有忘记他。烟霞巷的生活平展得跟宣纸一样，不小心溅到上面的墨迹也无法带来波澜。于是，那些日常的小情调也就悄无声息地晕散了、化了。水妖相信感觉，也许是早熟的心态使然，她并不相信少女怀春那种东西，认为它常会跟危险的利害关系纠结在一起。有时候，留住那种初见时的感觉就够了。

转眼到了夏至日，正如韦苏州《夏至避暑北池》诗中吟咏的那样：

门闭阴寂寂，城高树苍苍。
绿筠尚含粉，圆荷始散芳。

水妖也常去巷口的法泉庙避暑。早在安史之乱，这里就断了香火，百年过去，这座庙宇却并无荒废的迹象。据说有一位俗家居士几代安家至此，他们的信念也很特殊，就是力保这座庙宇不崩。清晨从门前路过，总能听到扫帚清扫门庭落叶的声响，可是，水妖从未见到过清扫庙宇的第四代护法者悬壶大师大揭师父。她也不曾贸然进入前殿，多是怕惊扰到孤独坚定的诵经声。她只静静地坐在石阶边的一株古柏下，想想人生的片段。这时候的水妖是矛盾的，和舞蹈时的全心投入不同，她又在拒绝任何感受的靠近。也许这两种全然不同的情愫分别来自小蛮和璞玉吧。或者她在那时并不是一个个体。就像此前常做的那样，她会用手去抚摸古柏遒劲的根系，她感到，佛法里的前世今生就是参考这株不死的古柏修订而成的。人无法战胜强大的命运，只因人的一生太短暂，譬如四季的荣枯，与这株古柏相比，人的一生只是萦绕在枝头的一声雀啼、一骑红尘罢了。

水妖看了看树缘被阳光映得有些苍白的叶子，产生了一种恍若隔世的错觉。何必在乎那种朝夕的生命躁动呢？俗世让天底下的人奔波而庸俗营生，只是为了苟活在这世上。总以为只有有朝一日成为英雄，才能为这渺小的现世人生带来精彩，殊不知英雄也是人造的，就算有着通达四方的权威，也是皇帝命人去造的。水妖眨了眨酸胀的眼，不明白自己为什么会想这些。或许这些混沌而庞杂的信息可以唤起她心中的通灵宝玉，或许能够召唤出更多舞蹈动作，或许让她更加接近小蛮和璞玉的精神乐土。

一只金翅鸟突然从墙头飞落地面。它灵巧而机械地转动着头，边跳跃着，边叼啄着泥土里的什么。它在为建筑新家准备材料。那些简单的材料，枯枝、干草结……虽然，它们毫无人造的乐趣可言，但这就是大自然，本无因无果，只是时间从一端来到另一端，万物在生存需求的链条中往复循环。这鸟却突然受到惊吓，飞走了。墙外猛然传来一阵阵锣鼓声，其间伴随着人们此起彼伏的欢呼。听到这些，水妖有些忍不住了。说到底，她还是个少女，犯着情窦初开、轻浮好奇的通病，这尘世的快乐还是偶尔使她沉迷。

于是，她沿着声音和人流穿过烟霞巷和那座石桥，来到主街。人群越来越拥挤，大家议论着，一位叫作范柏的将军，击败奚[1]军残党后，今日班师还朝。

“这位范柏将军身长八尺，以一敌百，手持通天长槊！”

“范柏为先锋。被奚兵围堵时，正是他从万人之中直取奚帅。”

“喂，看那边，他们来了来了！”

水妖也顺着人群涌动的方向看去。透过摩肩接踵的缝隙，她听到越来越近的锣鼓声，随后她看到熟悉的如笋般摇动的笙，那是礼部的乐师们在迎军队伍的前端吹奏着。其后是礼部侍郎等迎军卿客。他们背负圣命，不为战场杀敌而为礼遇众将。

目光掠过一群身着轻甲的朴刀手后，人群发出了一阵惊叹。水妖看到这苍白天边与板石路的尽头，一匹黑驹缓缓走来，它甩着彪烈而柔软的鬃，庄严地凝视着前方。如此高贵的坐骑究竟会被怎样的锐气驯化？只见，其上一人全副光明甲，

[1] 中国北方古代民族名。

银质的肩甲配上双肩延伸而去的麒麟兽造型，让人肃然起敬。裙甲两侧一边斜靠一把青色剑柄的长剑，一边固定一支寒光冷冽的通天长槊，可以想见，在战场上这名猛将是如何攻守兼备，一夫当关的。

没人看得到他的容貌，只因他戴着一副金色的面甲。那面甲如虎般凶悍凌凛，想必那些奚军看到它都会心生胆怯。水妖听说，这样戴着面具也是不得已而为之，否则让人认清大将的模样通报出去，兴许会为将军引来杀身之灾。这位将军却未曾有丝毫惧怕，他深知民是用来爱戴的，所以，他朝道路两边的人群频频致意。路过她身边的时候，那副面具刚好采撷了一道微光，就像一朵微笑在绽放。

等等，路过她的时候，他好像停顿了一下，面甲未遮住的黑色眼睛，还有嘴唇微微抖动了一下。难道他们见过吗？水妖心有所动，耳中忽然莫名回响着一个名字——“范长安”。

（3）

水妖多想就着这夜色从二楼的窗外跃入运河的水中。初夏的暑意如同这层黑夜一般，逐渐敷上毛孔。此时，她不禁想去打开所有感官，单论听，除了听到那些妙坊琴音、杂乱叫卖声之外，还能听见远处漕运船行的踏水声、修建雕梁画栋时榫卯的挤压声，还有十里外宫廷飘来的不间断的鼓乐声，士大夫边捋鬓髯饮琼浆，边谈论着家国之事……她也可以看到被遮蔽的世界。看到织布的飞梭、装满污秽的木桶，看到被野犬追得抱头鼠窜的流浪汉。

可能是房里的熏香太浓，她决定不佩香包就出门了。今日光临袖馆的宾客很多，且大多数是常客。他们有的被花团簇拥着，有的兴致高到直接在走廊舞起来，还有衣衫不整与姑娘们打情骂俏、玩投壶的。水妖记得偶尔翻到过的一卷杂史里面说，最早的狭邪之所为齐国管仲主办。跟某些亘古不变的真理一样，出入这狭邪之处的男人们永远这般滥情，不计较尊卑。他们只看姿色、唯赏音色，也永远都爱在这秀色田园里舒心展骨、一醉方休。

她可能是太在意那些男人这种情态下的窘样，没留神，迎面撞上了几位官爷。眼见着那几位瞪着眼提着刀准备惹事，老鸨立马现身，扶起水妖连连赔罪。饶是如此，那几位官爷也丝毫没有退让的意思。好在中间款步走来一位公子，他青衫羽冠，步态稳妥。

“水妖姑娘，又见面了？”

起先吓得不敢抬头的水妖，这才偷偷看了看。面前的公子，正是范长安。

“没有吓到你吧，都是些粗人。请姑娘不要怪罪。”

老鸨和恰巧经过的熟客都有些吃惊，这位公子不像是惯常的寻欢作乐之人，倒像是朝廷的命官，可他究竟和水妖小姑娘有什么关系呢？莫非有什么天降的好事？

老鸨一向狡猾，瞅准时机开腔："这位官人，您找我们水妖姑娘？"

"是，明日晌午，吾皇将在大殿上庆功，封赏我等。我不要锦衣玉食，只求水妖姑娘于大殿上跳一支胡旋舞为我庆功！"

说罢他目光炽烈地作揖。他的仆从们深知这是军人至高的礼节，也跟着收起了凶相，纷纷作揖。水妖哪里见过这种世面？她原地呆立好久，不敢吭声。

"哎哟，这位官人好生威猛！水妖姑娘真是前世修来的福气，当然要去！别说是舞了，就算是……"

"只有舞，就一支舞！"

"好，乐意前往！"

水妖也不知道从哪里憋出了这句坚定的话。也许她讨厌老鸨不负责任的言论，也许她喜欢范长安的恳切！

范柏得知后，随即退下。他心中的疑虑已消除，紧绷的皱纹也消去。当他缓缓抬起头时，那张脸重又变得俊逸。水妖第一次看清他的容貌。他五官精致，像一位文人墨客。那微启的口，像是即将吟诵一首自创的绝句。而那浓而修长的眉宇下笃定的眼神，像是在领阅书法大作。他的鼻梁和发髻直挺，和他退下时的背影一样，又透露出军人的身份，因为文人绝不会这么律己。

翌日清晨，高轿早早在袖馆门前落定。这可是天大的事，袖馆也曾有几位姑娘获得入宫演奏的殊荣，不过最多只是万千金花中的一朵陪衬。但此次水妖被请去大殿上表演的可是独舞，这是多少名伶都可遇而不可求的事儿。所以老鸨和袖馆的几位名角儿早就为水妖梳妆打扮好了。她们将珍藏的迎蝶粉——这是花溅姐姐通过宫中的亲人才弄到的稀罕物——扑在水妖细柔的肌肤上，让它愈发光亮健康。兰玲姐姐则取出她的一饼金花燕支给水妖舒亮的面颊敷上一点点胭脂红。欣姐姐则取出了自己的银簪，上面是天心碧瑙的花饰。只挽一髻，这银簪就合定了她的长发……一阵尽心鼓捣后，老鸨喜形于色地将她的头端正。铜镜前，水妖第一眼竟辨识不出自己。姐姐们都开心地议论着，她满脑想到的却是，原来母亲曾这般丽质啊！

穿上精心裁制的舞装，踏着轻便的长靴，她随着众星捧月的人群上了高轿。护送的是几位宫里特别遣来的内侍。人群面前，他们面无表情、居高临下，为这高贵的旅程增添了一抹神秘色彩。

“起——轿——”

（4）

两侧是暗潮涌动的长安街道。可能是轿子走得过于四平八稳，水妖觉得这轿子周围伸向八方的世界都是那么周正规矩。

无论是香火旺盛的庙宇，还是腥臭污秽的市集，都有满腹心事的生意人，叫卖着良驹；就算再笨手笨脚的手艺人，也都极力辨明着实物。寻常人摩肩接踵，出世者不求闻达。若是遇见那些大隐于市的世外高人，便相约一处对弈比拼。若是遇见那些把自己的促织吹捧到天上的人，便相约闹市赛上一把——然后各自失散，天各一方。水妖喜欢这样的世界，特别是在这样一个视角，就如看一幅长长的卷轴画一样。一点点展开，一点点兴奋，又一点点去到时空的更远处。

直到进到宫墙里，这里也是音量被严格规定的地方。皇家禁地、宫廷牌匾、碎步疾行的内侍和宫女、花园、栋梁，还有紧绷着脸的大殿侍卫！进入内殿的这一路，突破着一扇扇遏制着生死界限的大门，水妖渐渐开始不喜欢这里。她深知父亲逃离此处的原因。深宫之中，失去自由其实就等于失去爱情，而他们宁愿迷失在爱情与杀身之祸中。

终于，落轿了。水妖的思绪竟然回到范柏身上，就像促织总因为些小的缘故跳到某处。昨晚老鸨对她说明，这位范柏将军可是皇帝器重的大将，宰相范履冰[1]的后代，年仅二十就战功卓著。但除了这些，老鸨并不知道长安将军也是位爱乐爱舞之人。水妖只会想着他们相遇时那些记忆的吉光片羽，耀武扬威的事儿反倒成了陪衬。

---

[1] 唐初宰相。

此时，范将军就在大殿下等她。石阶在他身后铺成了一堵高不可攀的石墙。麟德殿的飞檐于其上飞扬跋扈地翘起。虽一身戎装，他的面容却如此温暖。他甘心以手臂替代水妖下轿的扶手。他的护腕有些寒凉，却令她心跳不止。

拾级而上的这一路，水妖感觉那些巧妙的心思和念头，就像悬在城门的旌旗一般任性摇荡着。她害怕说任何话，破坏这种奇妙的感受。这就是姐姐们常调侃的感情吗？不对，怎么除了那份朦胧的内心捉弄之外，还有一份甘心托付、甘心袒露所有心事的情感呢？也许姐姐们谈论的本来就不算情感吧。

她偷看了身旁的范长安一眼，发现他也在看她，可是他的眼神里透露出了那种从容不迫，就好像欣赏她是他与生俱来的天赋。随即，彼此的对视就成了相视一笑，来到了最真实的灵魂一隅。

“别怕，就像那天在河边一样，你的舞蹈和自然是一体的！”

水妖应允了，也刚巧跨过了最后一级石梯。她松开了有些湿润的手，听到通往龙椅的那一路金碧辉煌的耀眼和声。百官列坐。其间纱幔轻曳，如蚕丝般细腻，又像纤纤玉指在尽情地撩拨那些肉眼凡胎的靡靡贪欲。龙椅上只有一人享受着与天同高的尊荣。也许是看遍了坊间为了膜拜制作的偶像，远远看去，他显得极度不真实，那身配合庆典的龙袍就像是随意捆扎在他的人形之上。或许，唐王根本不具人形，那龙袍遮住的心潮水妖永远都看不到。

几位太监的适时出现，成了这迷醉倥偬中的一点儿逻辑。

他们让她走到大殿一侧。只见这一侧已满座了百乐师们。弦乐前排就座，有拿传统弦乐器的，也有穿着西域民族服饰手持都塔尔和弹布尔[1]等特色乐器的。后排坐着鼓手、摇铃手，还有几个打小编磬的。见到一个陌生女孩儿，他们都面无表情，心中实际喧哗一片。围起来的舞台是绸面的，踩上去和石头地面不同，那种散开的弹性和声场更像是踩在一张绷紧的鼓皮上。

好了，水妖有些瑟缩地来到舞台中心的天眼处。她的身边此时已无太监，她不知该如何问安，于是目光焦急地搜索着长安君。后者则来到远处唐王的龙椅下伏拜。可惜她根本听不清他说的话语。这大殿之中，每个人的内心都在交锋和退避，只有唐王的话才能一锤定音。

只见唐王一挥手，乐师们突然深得其意地合奏起来！这是……是《拓枝》！这首西域舞曲的开头如战地擂鼓。水妖一听到鼓击之声，瞬间就从这大殿“掉落”到了大漠孤烟之中。每一招每一式，都是对金戈铁马的仿效；每一次旋空舞动，都是对狂漠流沙的至高崇拜。她一直以为小蛮是软舞的柔美化身，却不知醉吟先生在看到小蛮的胡旋舞之后，竟也赋诗一首：

胡旋女，胡旋女，心应弦，手应鼓。

---

[1] 唐代西域弹拨乐器。

《夏天，远端的原点》
原创配乐 2

弦鼓一声双袖举，回雪飘飖转蓬舞。

左旋右转不知疲，千匝万周无已时。

人间物类无可比，奔车轮缓旋风迟。[1]

……

不一样的是，小蛮在当年跳完这段舞蹈后，皇帝只是微微启齿。而水妖在曲终那一声裂弦的配合下，双手扶着午后射落的一缕艳阳，仿佛绽放于寒甲间的热血。这一收尾，又像一个新的开端，让天子惊呼起来！随即，百官心底的暗潮终于汇入这道引导的光芒中，成了万潮奔涌之势。

水妖怔怔地注视着眼前上演的一切。好比以为自己从一场梦中醒来，实际又到一场梦中，唯有长安君能将她拉回现实，可是，她没在人群里找到他。

水妖还在等待，却被那几个太监带离了大殿。坐在出宫的轿上，欢呼被抛向脑后，水妖盯着面前皇帝恩赐的丝绢，心情有些低落。再好的舞蹈在皇帝眼中也不过是用来助兴赏玩的罢了，和这堆丝绢等价。她多么希望像那晚一样驻足，听听长安君的一番真知灼见啊。可是……

轿外夜色暗淡，昏黄的月亮和太阳在天空蹩脚同现，世界越来越熟悉，平康里——烟霞巷——袖馆……

---

[1] 选自白居易《胡旋女》。

“等等，请留步。”

一阵急促的马蹄声用一声尖锐的马嘶做结。少女好奇地掀开帘幔，翻身下马的那人正是她寻觅未果的范柏！

“水妖姑娘，不得不说，真是太美了！我能为你的舞蹈伴奏，真是幸运啊！”

听到这里，水妖有些意外。她只看了大殿上的观众，却没有在意乐团。难道说？

“你回旋那段的皮鼓是我击奏的！知道吗？《拓枝》是我平生最喜好的舞蹈，其中音律奥妙我也曾在塞外领悟。看到精彩处，不禁想为你的舞蹈伴奏！”

听了长安君的这番话，水妖越发羞愧，原来少女内心刚刚生出的委屈竟来自误解。长安君不仅认真看了，还参与到了舞蹈表演本身，这让水妖如何表达内心的歉意和感动呢？或者她可以谈谈他对这场表演的贡献？这么说好像又不太得体……她的内心一团乱，竟不知不觉把此时最新鲜的想法道了出来。

“《拓枝》的精髓就在回旋，将军的皮鼓节奏洒脱，其中的威严又似塞上点兵，给了民女更多发挥空间！”

“叫长安吧，我奢望你我一直能如初见那般。那时，没有将军和民女，只有我们共同所爱。”

水妖有些不知所措，突然发现他们竟又站在石桥边。一如初见。耳边传来的尽是烟霞巷里飘来的调笑声，而面前却站着一位挺拔英俊的少年。她好想转身逃开，又怕无缘再见，她想开口说话，又不知如何传译出这份美好。

“明日，我将赴河西。不知何时班师……不过，我会用飞奴[1]传书予你。我也想知道你功艺的精进和生活的所思所想，好吗？嗯，我该回去了，告辞！”

水妖来不及多想，见长安君重又上马，他目光笃定亟待一支口信，便匆忙应允了。望着长安君远去的背影，水妖突然觉得这种畅游在不确幸与万幸间的情绪，才是姐姐口中所谓奢侈的感觉。而它偏偏又是爱情的开始，甘心等待答案，从不遗憾……

（5）

春末夏至，他们的爱情也成了三岁的孩童。三载，光阴从未逃脱时光竹筏上被烛光映照出来的蝇头小楷，那是水妖所有急迫的、小情怀的、伤春悲秋的、期盼的写照。

窗外，一页页的扁舟与枯枝翻来；

晴空，飞奴如迷失在白昼里的一颗明星。

伸出，粉红娇嫩的手臂，

接住，一次次不远千里不辱使命的飞奴，

---

[1] 古代传寄书信的工具有鸽子，俗称“飞奴”。

《夏天，远端的原点》
原创配乐 3

接住，它扑棱翅膀带来的柔和而急切的风。

拆开，笺上散着高原气味的文字。

停歇，水妖情愿一直读下去。这区区几行文字，又能给她带来多少关于他的幻想呢？

他说，吐蕃人乱发如蓬、黥面獠牙，他们昼伏夜出，然而，他们在偷袭前惯常诵经。那时，天地又是何等宁静深邃。高山雪莲和参果及万物，似乎都是被这诵经声滋养生长的。

她说，夜长梦多，长安城最近来了一支神奇的西域驼队，有人说他们是些会施幻术的波斯祆教教徒，有人说那是吐火罗王子挂帅的商队。反正，他们来到闹市支起帐篷，公开兜售他们的奇珍异宝。有散着青光的"光玉髓"花瓶，有卷起千层波纹的瓔珞，有于阗的天青石[1]。还有他们贩运而来的药材，有温腹暖胃的干陀木皮，有医治暴痢的交河刺蜜，还有除虫除臭甚至能辟鬼除邪的阿魏[2]。除了这些琳琅满目的稀罕玩意儿，那些人还拿出弹拨尔自弹自唱，还有几位跳起了胡旋舞。可惜，她并未见到。只听说那天的长安街整个笼罩在欢乐的蓝色烟幕中呢！

他说，风从山谷里倒灌而来，一批军人病倒了。饥肠辘辘天寒地冻之际，他们来到一座废弃的藏传佛寺昏睡过去。一觉

[1] 光玉髓、瓔珞和天青石，皆为唐代从西域舶来的宝石。

[2] 干陀木皮、交河刺蜜和阿魏，皆为唐代从西域舶来的药材。

醒来，不知何人升起了篝火，篝火边放了一锅糌粑和一整壶温热了的青稞酒。一个当地的向导还拿来了一瓶暗红色神药，给那些生病的士兵挨个喝了，一夜之后他们竟神奇地复原。最后他才知道，这就是吐蕃王热巴巾赞普修行九九八十一天得来的神赐甘霖——葡萄美酒。

她说，近来在袖馆遇见一位从吐蕃国回来的客商，她便缠着兰玲姐姐探听消息，那人说达玛虽亡，但其余部拒不肯降，在山涧沟壑支起棚架箭塔，他们利用牦牛运输补给、堵截要冲，让唐军苦不堪言……她不愿继续听下去，她以为都是喜报，却都是些不利的言论，或许，她不该听信一个吐蕃人的话。

他说，战事是很惨烈，天空里的鹰、大地的牦牛和马熊……吐蕃人堪比蚩尤，能控制那里的万千灵长。虽然唐军气盛精良，怎能敌得过兽群的突袭呢？不过，那都是冬天的事了。现在是春天，距离收到她的手书应该已经过去了三个月。这三个月，他们歼灭了负隅顽抗的族群，将他们围困在了最后几座吐蕃的城池里。待他班师回朝，就可以再次欣赏她的《拓枝》了！

她说，君情目送天涯时，吾愿合意舞拓枝。待他归来，水妖愿带他去慕山的桃源，那里藏着许多故事，她想让她的舞蹈回归最初。

她放走了飞奴，这是三年里的第五次放飞。仲夏的花影最像这烟霞巷的窗棂，漕运的水却平静得和铜盆中纳凉的井水一般，所以龙船画舫能够将划过的痕迹留得更久些。对岸皇宫笼罩的妩媚烟尘，和披着面纱的大食[1]少女一样，神秘怪异。这就是仲夏，给所有阻隔人们的墙壁上留下一道道最长或是更长的燥热和情欲。

水妖叹了口气，她不想擦胭脂，那是因为心烦意乱，因为总是像对某些曾经熟悉的捉摸不透一般。于是，她随意披了件轻衣，决定去法泉庙，定定心，也能为范柏祈福。

推开虚掩的庙门，水妖第一眼就看到了那棵沾满岁月和情义的古柏。走了几步，她被一个人影吓了一跳。那人正在那座古井前打水，撞见水妖，竟也丝毫不意外。

“这位女施主，是来清心的吗？”

水妖见那人头顶悬壶，突然想到，这就是人们口中议论的在这法泉庙枯守的悬壶师父大揭。过去，她从未见过这位传说中的师父的模样，只在路过院墙外时听到诵经声、扫地声。如今，眼前的这位大师并未穿僧服，一脸清闲快乐。

“打扰师父修行了！水妖只想在这一方净土里驻足片刻。因为……”

大师扭头从水井里拉出装满水的木桶，就算背对着，也能抢先一步读懂她的表情。

“长安君吗？飞奴都告诉我了。”

---

[1] 唐、宋时期对阿拉伯人、阿拉伯帝国的专称。

水妖一惊，这位大师怎能叫出他们的名字？

“这飞奴，”大师费劲地取出水桶后，边擦汗边说，“飞奴啊，去年初冬曾来我院中。我看它冻馁，就把它带到房间里喂食调养。一周后，它恢复体力才去了边外。”

水妖不知道该如何应对，而那位大师也深得其意，暗示听他继续往下说。

“命即是缘，其实你们今世缘已散。”

水妖有些疑惑，内心却惶惶起来。

“长安已随云淡去，飞奴实传往年书。飞奴知道，它送给你的长安的书信都是他生前写的。”

“生前”二字像是一把利剑，瞬间插入水妖的心脏。

“……您的意思是说，长安已不在了吗？这不可能的。那些笔迹，他记录的那些鲜活的战事，还有他的思念。”

“他正是因为那无限思念，才不愿让你伤心，想为你留个念想。其实，他一年前就不在了。去年夏天，他在和吐蕃人的一次对战中为毒箭所伤，因来不及治……”

师父说到此处，倒有些意外水妖的反应。没有歇斯底里，她沉默了。那张明秀的脸庞显然压抑着最伤心的想法，像是在忍受着世间最无情的责罚。

“死前的一个月，他连续写了好多封书信。临终前，他告诉飞奴，就算他不在了，也要将这些书信年复一年、月复一月地送去给你。”

听到这，水妖那双苦捱的眼，终于止不住翻涌的泪水。她开始反复想着他信的内容。除了掉入这些故事中，又幻想着他写信时的模样，他深锁的眉头、他措辞的坚定、他偶尔透露出的柔软……

“那我……”水妖的心绪稍稍平复了些，“那我，能否与他再续前缘？请大师明示！”

师父打算离开，却抵不过身后涌起的强大的心潮。

“请大师明示！”

“唉……你与长安的爱情感天动地，就连一只飞鸽也会为你们惋惜。那我就破戒告诉你吧！”

师父说完，上前将水妖引入香舍。屋内破败清寒，只挂了一幅褪色的释迦画像，放着一张竹床。

“请坐，办法是有，就是要委屈你了。”

一听有办法，水妖振奋了精神。

“没关系，怎么样都行，我如何才能与长安君再续前缘？”

“此生怕是见不到了，你若终老，来世兴许得见……不过，来生你需要做一件忠于你们这段感情的事，它也许没有任何意义，也许充满意义。它不为世俗所解，却能重唤你们的姻缘……对，你就会又想起这段姻缘，所以，你会非常痛苦，继续痛苦下去。”

“不是说，做了这件事，我们可于来世相见吗？”

水妖的问话让师父连连叹气。

“能否相见，只能看缘。你和他要重开启对彼此的认识，这很难。唯有依凭心灵之感。一世不得见，来世也未必相见，还有再世，如是循环往复，不知今夕何夕……”

“我愿意一直这样下去，直到我们能重聚！一定可以的！”

“既然主意已决，那就先好好度过此生。只要此生你满足他的一个心愿，就能在来世继续前缘了。”

水妖谢过师父。离开法泉庙前，她看了看那株古柏。它天地玄黄般古老。它成功地熬过了几十代、几百代，甚至是千秋万代。水妖知道，她不能捱过那么久，可是，她总感到范柏和她的缘分未尽，或许能比这古柏更久些……

（6）

烟霞巷还是烟霞巷，只是落日的余晖显得有些清冷。右手边的石桥下，水妖曾多少回又多少回，将莲藕般白嫩的小腿浸泡在河水中，又随舞步用那双有些刺凉而通红的脚丫拍打出波纹。那些无忧无虑的岁月里，姐姐们最疼她，绝不将她视为劲敌。她们对她讲生活的琐碎，还有那些关于爱情不切实际的期望。

“你看，期望就跟从不靠岸的标识船一样。”

然而，也就是这层不切实际，给了爱情最好的伪装。就像那晚在月色底下的石桥边，水妖遇见长安一样。她最初是看不清他的。他是月光下的一枚剪影，空落落地为她的舞蹈鼓掌。

那晚，不切实际竟也实际了。

该是离开烟霞巷的时候了，水妖没有对任何人提起心中的愿望。她一早就对老鸨说想回家看看，老鸨没拦着。出乎意料，今天的她并不刻薄，只嘱咐水妖行路平安、早些回来。

最后再看一眼吧。楼梯、美酒、红囊，情俏、歌咏、女体香……离开时，一架车马、心无旁骛。

虽然都是归来，归来的感受却有万般。有《归去来兮》的洒脱，也有《枫桥夜泊》的禅意。水妖的感受却是复杂的。这一路她觉得轻松，那是和入宫时相比。每当看到一点儿秀色，心中就有生机，只因这是通往河西的必经之路。她的车辙也会轧过长安坐骑的马蹄印，只因长安也会因某一处景色稍稍放慢行军，他会睹物思人吗？

水妖摇晃着、想着。第七天，她终于来到了慕山。这里看似荒郊，却莺歌雀语。胶质般的晨曦从参天古树的叶缝里透过来，泉水从柔滑的石缝里透过来，还有那些叫不上名字的喜阴草木、块菇菌类也从地缝里透过来。此处，自然的隔断并没有那么分明，万物踪灭又会现身，同一只充满灵气的鹿就被她亲眼看见好几次，相遇把瞬间变为永恒……

小蛮和璞玉真的太幸福了。她第一次将父母的爱情当成旁人一般羡煞。如果长安一同来该多好。他一定喜爱这里的落霞。和城楼里、漠上看到的决然不同，只有在这飞流击散的响声和远处麒麟神游般的山势里，落霞才兼有铿锵和柔美。如今，独赏此景，唯有叹息。水妖朝身后的草屋走去。虽然门口的小菜地已满是杂草，屋内却还残留着些许生活的气息。小蛮喜缝纫，而璞玉的笙箫已落了尘埃。

一切都会归于尘土吧。它是永恒的宅邸。水妖清扫了厅堂的灰尘，将带来的书信撒在了上面。趁着最后一缕霞光，月色还显透明时，她将灯芯点亮，又将这火光，送到那些她洒了灯油的墙壁、屋檐、草席、青幔边。细小的火焰，会让干草瑟缩成乌黑，像血液阻塞时胳膊的颜色；会让青幔腾空，无规律地旋荡起来；会让笙箫寂静得沉下来，缄默地死亡；也会让屋内燥郁、仿若仙境。

水妖在环顾四周后，将手中的灯掷于笺信之上，干硬的墨迹竟逐渐流淌起来，好像它们会带着承载的故事一同复活。

“君情目送天涯时，吾愿合意舞拓枝。”

水妖舞蹈起来。她挥动手臂，就像在团扇上挥毫诗意，脚步则在火与火的空隙间踏定，就好像火焰本身是舞伴。它们随之摇曳旋转，牵手、缠绕、退缩又热情满怀地扑上去，水妖皆能准确回应。此时，坠落的木屑将地面拍击出具有弹性的鼓点，热气流窜出纸窗发出尖锐的笛声，而笙箫也不愿沉默……就算那清丽的身段不幸沾上火的花瓣，她也能稳定维持着最最迷人的身体线条。可是，烈焰没有丝毫松懈，它死死地咬住屋内的一切，蔓延着、勾连着，直到她的肉身成了紫红色巨大灯芯中的剪影。而就在万物化作烟尘之际，她在烧灼的焦煳的回旋中，竟看到了长安君的身影。这是故事里最难割舍的部分，长安君身披金质铠甲，端坐在她的身边，手持鼓柄，合着乐律击打着。接下来是最难合奏的部分，渐进式的推动与逐渐加快的回旋完美契合。

只见，水妖与长安君相视一笑，仿佛那一刻，她已不再承受任何皮肉之苦。那一刻，她如焰火般旋转起来，甩掉燃烧的重量。那一刻，围绕她的都是火焰的旋律。万物在火焰中空旋腾跃，摇撼着最激荡的人格意义。

月光下，火光冲天，山林跟着回旋起来，直到时间成翡，来生便播种在这片青翠的梦境中……

摄影 / 金曲
模特 / 王希翀

夏天，缘来

民国壹拾肆年　上海

（1）

“人总爱无端犯起迷糊，是因为孤独，还是心有所属？”

那一晚，水妖的梦以这样一个句子开始。梦里，她以第三人称视角，看到身穿连衣裙的自己站在窗边，接着，一个庞大的身影绕过她的床尾，从身后环抱起她，就像一个灰色的大袍披在她的身上。水妖知道自己差点儿醒来，因为，她快要失声喊出她丈夫的名字。回到梦里，她变回了第一人称视角，在一个百无聊赖中发现生活乐趣的极佳角度里，她看着窗外，窗外偶有像皮艇滑过的黄包车，有一排法国梧桐，淡淡飘出的巧克力味，让她以为对面楼下装修的新门面是家蛋糕店，一个卖报童就站在那儿，忙里偷闲地觊觎着橱窗里面的什么。觉得耳朵痒痒的，她很清楚身后是谁，于是，以一个极为轻松的口气连询问都算不上的女性般的娇嗔，侧目问道："我多么想也要那样一个孩子啊！"

耳边传来的，那是呼吸，呼吸里带着的是她熟悉的卷烟气味。

"没事的。我们多试几次。"

他的话，把她一下子拉到低谷。怪这窗外的天气让人犯困，她决定离窗子远些，拉拉袖子，袖子的花边还是他给她缝的。看到这，她心软了下来。

"想象一下，生在这样一个天气里，也对不起他呢。"

"生活弄得安稳些再要也好。如果他像我一样爱闯祸，这世界里里外外都不太平了！"

他笑得粗声粗气，倒让她觉得他不解风情。每当这个时候，她都不想同他搭话，继续搭话，也是对牛弹琴。

她躺到床上，侧卧着，所以，他们的小家也奇异地倾斜着。室内没有别人，他八成是到客厅去了。穿衣镜里，她只看到自己搭在床边的双脚，而身体凹陷在帐幕的荫翳中。

她多想怀上他们的孩子。

这是第几回梦到他了？睁开双眼，以为天花板急速下坠，她用手推了推枕头，心跳也从恍惚中逐渐平复。她习以为常了，生活在变，她的生活不变，因为，对她来说，丈夫不在了，生活也就再没有旋转的理由。

猛抓枕头，就像去抓那个带走她丈夫的东西，最恨的是，那东西总该在突然掳走他时留下点儿什么。丈夫离开后，她访遍城内的中医未果，手头只剩下一张孤零零的报纸残片。为这最后的希望，她在接下来的好多天都在整顿情绪。她不愿再用卑微的乞求、歇斯底里的号哭和哀伤的眼神去博得怜悯，这一次，她要让自己用最最平静的口气陈情请愿。

那天，在拐入一条小巷后，她看到了墨迹未干的标牌：张行之医寓，进门后，一楼是个药铺。抓药的师父见人来了，并没有放下手上的报纸，八成是惯常用它包些药渣，随手翻阅一下。虽然知道张医生在二楼，她还是忍不住问了问，未等到答复，身子已不自觉地把她引向右边的楼梯。她小心地探出一只脚放到阶梯上——母亲就该用这种方式，给即将初探世界的孩子做好示范。随着脚下朽烂的木头发出一阵阵呻吟，楼下抖动报纸的声音和抖动报纸的那个老家伙，也都变成了她脚底的世界。楼梯口处，只有两个房间，左边那间飘出消毒水的味道，右边那扇门就是诊室的大门。

门虚掩着，姓张的医生，就像嵌在牡蛎壳子里的一颗珍珠，身子刚好出现在门缝里。他西装革履，头发毫不犹豫地贴向一边。他正在整理思路，偶尔还会提笔记下点儿什么。这和她理解的那些穿着白大褂的医生不一样啊。犹豫片刻，她还是推开了门。张医生抬起了头，他就坐在一扇清漆剥落的窗户前。

“您好，请问是张澜张医生吗？”

他微笑着应了，很快起身，一副深谙西式礼仪的姿态。她反倒觉得拘束了，目光轻快地描摹了室内。都是些司空见惯的摆设。她的目光缓缓推进到一张沙发床跟前。

“我偶尔躺在上面午睡，本来是给病人躺的。”

在尽量不冒失地捕捉到她的目光后，他自嘲了一番。这句话的确对缓和气氛很重要，她差点儿笑出声来。

“我先生应该是不同意我过来的。”

“为什么呢？如果脉象准确，那应该是天大的喜事啊。”

他感到意外的不是她刚刚说的话，而是她在说话表现出的绝望。深叹了口气，她坐到了那张沙发床上。

“他在世的时候，我没给他留下个一儿半女，作为女人，我真的很失败。”

一缕刘海，随着她的话语，一同落下。站在一旁的他，突然感到有些手足无措。

“很抱歉，这是什么时候的事？”

她任由目光呆呆逗留在他的脸上，张医生皮肤白皙，目光如炬，不像她之前见过的那些个眼睛晦暗的老中医。纵然她百般恳求，他们还是拒绝为她开方子，那个时候，你会看到他们晦暗双眼里透露出的僵硬、麻木。

“恕我直言，您年纪轻轻，不像是行中医的料啊？”

他抓不住她的思维，也并没有因为这点而苦恼，相反，他摆出了一种和医术无关的探知欲，在那副未经世事的年轻模子上，它太容易被辨识。

“夫人这是戴着有色眼镜看我这般‘新人’啊！”

她不置一词，倒是双手交握，放在膝上，一副愿闻其详的姿态。

“我祖上在苏州行医好多代，生长在那种环境里，从小就感觉诊所里所有东西都经过祖先们百年的手泽。祖父白天坐诊、开方子、配药，晚上歇下来，烫壶酒，就两样菜，边吃喝、边给我说那些门道。不过，那个时候，我八成是听不懂的，只是一味觉着祖父说话的劲头很有趣。因为，他更像是把话说给自己听，随时领悟到什么，就转身扯来朱笔，在医书上批点几行字。还直夸我有悟性！”

他笑着，满足亲切，就像用年轮计算命数的红木诊案。

“所以，当我渐渐发现自己重操祖业的时候，并不惊讶。不过，我们中医不讲究门第出身，如果夫人觉得我比那些学徒有更多便利和特权，那就错了。”

他开始谈起他的学医经历，这些都不是重点，她听得也是漫不经心，直到慢慢发现他身上的又一个属于当下新青年的特征。“自我主义”，这个词，常常被那时的风气蒙上阴影，譬如出现在森鸥外《青年》里的小泉君，年纪轻轻，拥有一门技艺，且内心世界敏感，不算丰富，却固执地用敞开心扉的方式想全盘经历生活和磨难。他们本以为自己认识了世界的全部，其实只看到了它的面目。在那时，她是本地女校毕业，校园里，她们讨论过“democracy”和“science”，可是她接触最多的，还是东瀛的书和思想。碰巧，张医生后来谈到了他去日本仙台学医的经历，这些也不是重点，“自我主义”，不论男女，如果说她的“自我主义”是散飞的家鸽，那么现在该是她召回它们喂食的时间了！

“张医生，请给我配副能怀孕的方子吧！”

对她不耐烦的打断，他稍稍有些苦恼和失望。他下意识地起身，准备回诊案开方子。

“夫人，恕我冒昧，您现在又要成家吗？”

这算作对她缺乏耐性的小小报复吗？他不知道，也没细想，就脱口而出了。本以为会为身后降下一片令人难堪的沉默，可是，她很快回答了他，就像排演了很多次。

“当然不会，这辈子我活着就是他生命的延续。我想让你帮我怀上，他的孩子！”

他刚刚停在桌子的跟前，看到上面摆着的《内经》《医宗金鉴》，还有合信的《妇婴新说》和摊开的《医药评论》最新一期。这还是头一次听说，帮他们怀上孩子？面对这个荒诞不经的想法，他不由得哼出声来。

“夫人，您在说笑吧？您先生已经不在了，再灵验的方子也无能为力！”

他都懒得解释，正准备绕过桌子坐下来。

“请您看着我！”

突然，他感到身后拥有一种支配性的力量。她的话，如一道压抑的门楣，使他不得不弓着身子，肃然起敬。转过身，他看到她坚定地站在他的面前。可以说，被推到眼角却没有落下的泪水，她倔强而颤抖的嘴唇一弧，和她因紧绷而跳动的一怔，都增强了这种坚信。

“先生，您比我有见识，和您相比，我不仅是个没太多学问的女人，还是个不能给自己的爱人留下一丝希望的人。您可能觉得我因为失去他发疯了，才想到这样一个荒唐的主意。可是，您想过吗？那些死了的人的生命难道就不能延续吗？我们看不见他们，没错，从今以后，我们甚至再也没法经历那些还没有兑现的事。可是，斯人已逝，我们要带着关乎他们的念头活着，这是他们的希望，也可以说是遗愿。我不能饶恕他先一步离开，却也不能不悲哀地活着。可是，没有那些念头的围绕，我们该怎么活下去？我当然知道，我不可能怀上他的孩子，可那又怎么样，我不想他在另一个世界埋怨我，所以，我一定要带着念想……为他活下去！”

直到最后，她才变得哽咽，仿佛她全身上下所有刚刚用来维持分寸的气力瞬间被那语言的风暴席卷得一干二净。在她几乎要失去平衡的时候，他堪堪扶住了她，在他手中，她很轻，怦怦跳动着的，是她的心。

“夫人一席肺腑之言，行之已没有顾虑。今天，我就要做一次祖辈从来没有做过的决定。您等着，我这就替您写方子。”

扶她坐下，他在大踏步走到诊断桌前时，口中念出了心中所想，“念想……念想，远比情情爱爱来得奢侈啊！”

……茯苓二钱、炙甘草一钱……

他用蝇头小楷，写下自创的毓麟珠配方。写字的时候，他偶尔抬头看看她，她只是悄无声息地坐着，视线悬空，被愁绪牵引，又好像她面前摆着一面梳妆镜，透过它，能审出自己抹不尽的心事。

写毕，他把方子递给她的时候，她终于露出了喜悦。

“张医生，我该怎么感谢您呢？”

她接过方子，直直站在桌前，活泼正在给她重新上色。

“这是温补暖宫的方子，就像你说的那样，希望我们都能留住那份念想。好好活下去！”

她轻轻鞠了一躬，稍稍整理了鬓容，离开了诊室。他目送着她，直到美丽忧伤的背影在楼梯那端像霞光一样旋而降下。

（2）

毓麟珠，望着摊在报纸上的这堆药引子，水妖想象不出它们和这个名字间的关联，或许，它美好、顽皮、充满灵气。她猜，莫非这是张医生特意为那些即将降生的孩子取的？今天，在吃完第十副之后，她来到窗边，轻轻开窗，任屋内的药味散去。窗外，秋天已起了声色，屋外的点点灯光，映衬着傍晚降下的雨水，显得格外娇弱。她渐渐不相信他的灵魂会藏在这灯光的荫翳里，带着那特有的忠实，仰望她。世界的空间被那些意念强大和实际上虚弱的人悄悄填满。真正的灵魂实际上是那种给予离世者的强大念想。它虚无地存活着，只是换种方式，感受生者感受不到的生离死别。

现在，她逐渐拉上了窗帘。屋内唯一的几点光源，从原本的荫翳中跳跃出来。它们让周边的东西变得有层次、有身份，给人领悟式的快乐。不管是灵魂、念想，还是别的什么，栖息在黑暗里，就能哼出失而复得的调子。想到这，她不禁哼起一首似曾熟悉的调子。也许是那调子适合这种幽暗的氛围。往床边走去，靠近光源一点儿，好像外面的世界、屋内的世界，都汇聚在那点儿能量的损耗上。她的睡衣袖，从黑暗中逐渐显现，她因此看到了自己白皙的小腿肚子，它们像是操练时间的指针。坐下，随着渐来的睡意，她发现了自己隆起的小腹，以为这是幻觉。

当晚，她就急匆匆地去张医生的诊室。她敲着门，直到那位先生满脸惊讶地飘然而至，把她扶向屋内，她看到那个抓药的老头明显恼怒地杵在楼梯边上，刚喊出她听不懂的方言，就被张医生支走了。他们来到二楼，她告诉了他这一切，他给她把了脉，她喜极而泣，他则怔怔地不明就里。

短短一周多的时间，怎么可能出怀呢？上次切脉的时候，并没有感到那种脉象啊。他回想着，做着各种可能性的解释，却并没有把她对他有所隐瞒这种假设考虑在内。他相信她，因为，他知道，她的喜悦是发自内心的。泪水无法自控地流下，她护着自己的宝宝，反复念叨着："谢谢你，给了我们爱情的答案！"她抬头，笑得很甜美，这美，也许是情感攀上梢头后，第一次绽放的明丽和真实。她说："张医生，感谢您的大恩，我的孩子，就叫她'毓麟'吧！"

近来，她常梦到花开满山和一种由远及近的使命感，她知道，这一切都跟那孩子有关。她开始去洋人街的圣心基督教堂做礼拜。前院门口，搭着几件救世军的帐篷，里面住着那些被城市抛到角落里的流浪汉。那个时候，"公医制"刚刚推行，所以，她能够看到那种，人站在大树旁漱口，树边上挂着"卫生防疫"牌子的景象。接种疫苗的人，也会在教堂那里排着队，撸起袖子，生畏地望着那尖细的针头，或啧啧称奇，或憋出一副痛苦状。因为她的孩子，这景象给她带来一丝痛感。教会里的那些圣歌与落户在一墙之外的人间苦状，一同如烛火般摇摆着。那一天，接受了召唤似的，她报名参加了圣心救济会。

她被派去一家孤儿院，照顾那些孤儿，他们的家庭多半被战争肢解，他们又多半沉浸在单纯的童年幻象中。那里离圣心教堂一街之隔，是英国人初来时修建的石砌建筑。推开铁门，是一片错综复杂的庭院，却被一个掉了门牙的馆员打理得还算得体。右边是孩子们活动场地，除了一些必要的健身设施，还拴着一只看护院子的柴犬。此时，它正扭扭捏捏地缩在树荫里打盹。

望着这片景象，她有些左思右想，直到一个教师打扮的中年男人迎面走来，她才回过神来。这个男人从额头斜过左边脸侧，有一道伤疤，加上眉深眼怔，表情严肃，竟觉得有几分凶神恶煞。不过，她没有料到，带她参观时，这里的每一个房间、每一个角落，他都能如数家珍，而遇到的每一个孩子，也都会那么亲昵地讨要他的怀抱，同他玩耍一阵。那是一种稀有的耐心，硬是要配上这副凶相，只能说，符合极为自律的军人性格。她猜想他参过军，只是猜想，却像极一个依稀可辨的故人。

二楼的走廊很长，通向此次讲解的最后几间房。孩子们此时都在一楼东边的教室学习国文。

“这是一间储物房，换季的时候，我们会提前做好准备。”

路过时，他没有停下来，只是略侧过身。

“这里是，呃。”

她刚想要问他自己具体工作的细节，他却在前面的一个小房间门口停住了。接着，她的目光随着他移向屋内。里面布置简单，一架画板、一张小床、一枝插在花瓶里的假月季。一个孩子蹲伏在画板前，在心无旁骛地画画。

“拾忆，怎么不去跟大家上课啊？”

他走过去，轻轻地唤着他，孩子却沉默着，专注于在纸上涂色。他回头看了看她，摊开手，表示他尝试过，但没法走入孩子的内心。

“我来试试吧！”

她来到他身边，看着他手上的蜡笔，专注于他所专注的事。

“红色，你在画什么？看得出，它像一个美丽的果园。”

他没理她，点了两笔，又选了一支绿色的蜡笔。他的手和脸颊都刮到了不同的颜色，眼睛却并没有多出什么色彩。

“它一定是个果园，你看，手指都蘸着果汁，感觉你刚刚伸手进去，吃得很开心！”

他还是没有回答，但这一次，看了看自己捏蜡笔的手。

“我说对了吧，如果你愿意，我们一起种一片果园？就在院子里，怎么样？”

“嗯……”她以为自己是在幻听，他却听到他声若游丝地应允。

回到办公室，他把这个男孩儿的故事告诉了她。他叫拾忆，两年前被他从北边的战场带回来。那时，他三岁，应该是被炮弹炸伤了右耳，蒙住了心智。他很乖，他的世界很静，他总是一个人在那个小小的房间里画画。为什么不让他和大家在一起？她问。他摇摇头，答案令人沮丧，他会大叫，和其他孩子厮打，试过很多办法，都不管用。

透过窗户摊在他和她之间的阳光，让她产生了一个明亮的主意。

“这样吧，”她说，“我来照顾他。”

第二天，她早早地来到那个孩子门前，静静地看着他在梦里翻覆，她也开心地把手放到了自己的肚子上。她能感到宝宝在跳动的胎心。他的小小世界，也就是从梦里的七拼八凑开始。拾忆的睫毛很长。睡眠里，所有孩子都会在一个单纯的梦中呆呆地伫立、不愿醒来。她仿佛看到了她孩子以后的模样。

他静静地睁开眼睛，发现是她。她以为他没有印象，他却在挣起身子的时候，伸手指了指窗边的画，里面装着昨天的那片果园。

她开心地笑了。

“等你起来，我们就去建果园吧？”

拾忆也笑了，他兴奋地嘟囔着什么，赶紧把自己抛下了床，系上鞋带，一言不发却顺从地跟着她来到了院子。此时，有三两个孩子正在器材那边玩耍，他的到来并没有影响到他们，他却有些紧张，悄悄地抓住了她的衣襟。

“他们都不知道我们要种果园。这是你我之间的一个秘密，好吗？”

她顺势握住了他的手。他正沉溺于踩着她的影子迈步。

“那个、那个。”拾忆的手突然握紧了些，“叔叔说，叔叔说，他很想你。”

他突如其来的话，让她愣了一下，同时，她感觉到肚子里的宝宝动了，仿佛在回应着什么。

“你们生活在果园里，叔叔，身长，手可以伸到树顶。”

她被他话里的意外巧合弄得吃了一惊，转身蹲下来，呆呆地看着他。

“他在你的身体里，他在长大，长成叔叔那么高。”

他的表情没有一丝微漾，好像那些话语从未知的地方飘过他的身体。

“拾忆，来，告诉阿姨，谁告诉你这些的？叔叔？是那个老师叔叔吗？”

她竭力克制住自己的情绪，她害怕打断他，又害怕因此而错过任何信息。她意识到自己搭在他两侧的双手有些僵硬，便轻轻地舒展了一下。

“不是，不是那个刀疤叔叔，是，是这个叔叔，这个叔叔。”

他撒开了她的手，害羞的小脸憋得通红，又不自觉地把瘦弱的手臂微微抬起，指着她隆起的小腹。

“这个叔叔。”

时间仿佛被他认出了真面目，定格成一副错愕的面庞。

“你看，我都画下来了。是叔叔讲给我听，教我怎么画的呢。”

他有些语无伦次，似乎第一次说这么多话。到最后，嘴上挂上了一丝温暖的笑意。

“叔叔还让我告诉你，他真的很爱你。”

“拾忆，他现在还好吗？”

她再也憋不住自己的泪水，任其落下，那副语调却在颤抖中尽量清晰。

“呃，你等等，我问问他吧。”

他轻轻地蹲下，把手伸向她。他触到了她的宝宝，用一种说不清道不明的熟悉的掌力和温度。

“嗯，他很好，孩子的事，他很开心，那是他带给你的礼物。满满的果园，是你给我们的礼物。”

“他在一个美丽的地方，很安静，他能时时刻刻听到你的心跳，他感受你的感受，他爱你的所爱，他因你，重获新生。”

拾忆伸出小手，轻轻地抱着她。她啜泣着，快乐而悲伤。仿佛这里是白昼和夜晚的交汇，果园就生长在其中，比任何星辰都高出半个脑袋。

我们总以为的夏天是漫长的

公元2016年　上海

二八花钿，

胸前如雪脸如莲。

耳坠金环穿瑟瑟，

霞衣窄，

笑倚江头招远客。

这座城市，真的很美很美。

可每次看见这美景，木头总会觉得失落。

那是他入行的第六年。我们都叫他木头，一个摄影师，拍私房方面小有名气。其实，我一直不知道私房是什么。记得上次他约我客串模特，还是在湖边的一座废弃的游乐园里。我们碰到了一个女孩儿。木头认识她，因为我大概听到她问他何时

《我们总以为的夏天是漫长的》
原创配乐

拍私房的事，便好奇地让他解释私房的意思。木头摸了摸脑后的辫子，一脸惊异地回答："你还是我认识的小茂君吗？私房你都不知道，私房就是单独约拍女性隐私的美丽的部分啊。"

要么是他表述的问题，要么是我想歪了，我立马看了看那个女孩儿远去的背影，又对木头说："你们这行业艳福不浅啊！"

看样子是解释过很多次，他淡定极了，一边调了调镜头，一边很自然地回答我说："你想多了，拍私房又不是拍裸照。只是女孩儿留给自己的纪念，大部分是不会给别人看的。"

那天，我们又换了些地方拍。木头接着初夏午后的耀阳，一个劲儿地在我面前四周晃荡。他用镜头对准我，也让我对得起他的镜头。有时候，我笑得跟真木头似的尴尬，他就会让我想想那些事。好像那点儿事真的能带给一段僵硬的木头什么人间气息。

对，我继续想着私房，并将整件幻想的事套用在他和那个女孩儿身上。

拍私房要的是信任。一般都找同性摄影师拍，拍摄时可能会放得更开些吧。

不过呢，拍私房又要真的展现自己肉身的美好和诱惑，同性之间恐怕就会不如人意。

所以，这就有了与异性摄影师在氤氲灯火下、独处中的长久徘徊了。这种时候，彼此间的信任自然是最重要的。如果摄影师真的因私欲败坏了口碑，也就没法继续混迹在私房摄影圈子里了。

我想，木头正因为懂这个才被人称作木头的。他为水妖第一次拍私房是在一个民宿中。这间民宿少有人问津，是那女孩儿要求来这儿的。那天，天很闷热，恰恰屋内又没有任何纳凉设备。所以，他只好坐在墙犄角的荫翳底下，抓着帽檐儿一顿猛扇。心情相当差的情况下，再看看这仿唐代古风的房间，也就觉得哪儿哪儿都是毛病。特别是那幅挂在榻前墙边的花斑水蛇，它缠绕着人形的枯枝，总给人窒息的感觉。

他躲着阳光的地方，正好可以看到窗棂击散的三束光线，它们盖过一樽瓷器的边沿，印在瓷瓶侧面的蜡梅枝上。可能是眼前蒸起的热潮的缘故，让他仿佛与现实有了距离，于是开始脑补起了古装情景剧中那一寸寸光线底下的步态。这仿古的乐趣，让他内心舒服了些。

水妖会是个什么样的姑娘？选择这样一个房间袒露美，她一定有着浓浓的慕古情结。木头偷偷笑着，自言自语“或者，她就是唐代森森寝宫穿越来的妃子？”

这当然不是木头第一次拍私房，还记得第一次，他直接被光线底下那绸缎般的身形弄得连相机都端不稳。后来慢慢就好了，可能是习惯了肉体的陈列，日本不是有种女体盛吗？为了找拍摄灵感，他看过各种美妙的姿势和女体上和风的纹影。这也算是提升忍耐力的一种训练吧。逐渐，五年的忍耐后，他在横陈的美躯前，成了段只在乎镜头美学的木头。

而这段木头，终于被水妖这般神游的姑娘拉开了一道裂缝。

木门被推开，木头看到她轻飘飘而来。一袭白色宽衣，两朵浓淡相宜的姣好花面，一双秋波杏眼仿若隔着烟云的两盏明灯。木头开始有点不太相信自己眼前所见。他猛然起身，脑中翻起一片空白。

“看样子您来得很早啊。”

水妖并没有害羞的意思。微微一笑时，脸像朵粉红的莲花。

“是啊，早点儿来取景。”

木头说着提起相机。四处看了看。

“这里很漂亮，我第一次来。”

她像是走入了自己的闺房，将一直挂在手中的香绣袋放在了床边。回头看到了木头身后浸湿的衬衫。

“今年夏天有点太长了！”

刚在拾掇镜头的木头，忙转身感同身受地猛点了点头。

“是啊、是啊，平常立秋就会降温，可是今年完全……”

“我喜欢夏天，这个季节我们更愿意谈论美吧。”

水妖边说边褪去外面的一层罩衣，露出雪白的手臂和肩膀。见状，木头还在故作镇定，没想到水妖这么快就进入了拍照的状态。

第一组属于水妖和木头的私房拍摄就这样开始了。进入拍摄状态的木头很娴熟，应该不会太在意女体的诱惑。那时，他更像进入了一个美的结构中，就如调整角度和焦距观赏一幅描摹拾翠采珠南浦女的水墨画。而那时，水妖只裹着一层染成皂荚绿的纱衣。其间，粉白的乳头、甚至身上细致的毛孔和绒毛都在聚焦的镜头中一览无余。镜头中的它们似乎会在清晰地按下快门时，全部从这玉体上活过来。

反过来看，水妖的身体真像这些充满灵气的活物围拢拼凑成的。它们或倚靠在墙边，或伸展如高丘，或隐褪在饰以芭蕉叶的抽屉下缘，又或并排陷入铜镜映衬的孤独。

木头从未拍过这样有灵气的身体。就算大汗淋漓，他的快门也不停。有一张照片，他距离她真的很近很近。那一瞬间，水妖平躺着微微合眼，他则悬空跨在她身上，一手撑在她披散的头发边，一手端着镜头俯视她。为了找准角度，他还是拿下了隔在他们之间的相机。凭双眼，他能清晰辨地认出她的眉目，那是在紫色光晕下遇到的梦和画吧！又像欧阳炯笔下的水上游人沙上女吧！

木头闭了闭眼，额间跌落的一滴汗正好落到了水妖的脖颈，惹得她睁开了眼。木头一时半会儿还没有注意到，便有了这忙中出错的一次对视。

“辛苦你了。”

“啊，抱歉，刚在找角度，手有点酸了，所以……”

两句话并行在湖中，那相溅的涟漪，幸好、幸好还能从水妖的音调中识出。

“一定很棒！我相信你的。”

水妖那一刻的笑容，会将那个夏天在木头心中拉得更长。

相信，本来就比目力所及的夏天更长。

（2）

那一晚，他默默地帮水妖处理照片。他喜欢搬着椅子坐到透光的阳台上工作，尤其是在这夜幕下，无休止的想象跟布满夜空的星星及城市的灯火一样。我想他仍然会记得早些时候那个清瘦得出奇的房间，房间如今空了，就像燃完的沉香，水妖只把香气留在了他的念想里。

他想给她推送一条信息，却猛然想起，她从来不用那些社交软件。上次联系还只是一条推送过来的短信，上面包含了她想要拍摄的详细信息。可那又不是她的号码，那是她让介绍她来拍照的好朋友发给木头的。

第二天，他问她朋友，应该将照片寄去哪儿？晚些时候，他便收到了她的短信，让他把做好的相册放到拍摄地点楼下的2号信箱中，并给相册属上一句水妖自己的诗：

燕过搔头琢，

欲语翡成珞。

木头只好照做，放入信箱的时候，他打算不做念想了。这一切都是在他们再次邂逅前发生的。我说的邂逅，正是拜我所赐吧。

夏天的湖边，在我的见证下，木头总算遇到了水妖。于是，他把相机背包塞到我手上，兴奋地不想对我说任何话。我只好呆呆地站着，看着他朝她还算稳稳地走过去。幻听了传到耳边的水声和话语声。

“竟然在这里碰到你了！”

“神奇的应该是又在夏天吧！”

“对哦。”

“嗯，应该说，夏天从没有过去吧！”

“一直联系不到你，还喜欢吗？”

“相册吗？嗯，很喜欢，我说过的，我相信你的！”

“我应该做的。本来还想托朋友问问你，不过，她说你不喜欢被打扰。”

“我计划拍点儿新的。本想让叶子联系你，今天碰见，命中注定吧。”

“真的吗？好啊，我很乐意。这次想要什么风格，告诉我，随你的时间，我来拍。”

“不用，不用，我都会准备好，你只要带着相机和你的想象力就好了。”

“好！在哪儿，什么时候呢？”

“下周二吧，老地方。”

“可是，我可以联系到你本人吗？”

“唐代开元年间名相张九龄只用一只被唤作‘飞奴’的信鸽传书。我喜欢值得等待的消息。”

我的眼睛和好奇不会欺骗我的。对话就发生在不远处，湖水听到了，岸边的石头听到了，他们就像嵌入了一幅行走的墨画中，只见，更远处是一行白鹭，一片南浦的声色。

抛开我以后，想必木头已飘飘然了。回家后，他把我的照片丢在一边，将水妖的翻出来又看了一遍，仿佛又回到了那个压抑、挥汗如雨又承受五级烧灼般的午后。他用手在鼠标滑轮上推来推去，顺应着他心头和脚尖某种让人舒服的节奏。眼前的水妖变换着姿影。每一段诱惑的姿影，又都迎合着摄影师摆弄的心思。值得人回味的东西，最后会因为这细腻的心思变得越来越多。

我不愿隐瞒木头和水妖的第二次拍摄。还是从那边两扇石狮子蹲伏的大门口进去，然后，沿着一段木质扶梯往上爬一段，一不留神，手还会触碰到墙上挂着的画轴。有一幅画，是当代人临摹的唐时山阳渎两岸的富庶场景，此次，木头又驻足看了看，想拿起相机拍下来，无奈楼梯太窄。在拐过两个弯道后，经过一条垂着轻幔的廊亭甬道，正数第三间，就是他们相约的去处。

这次换她等他了。水妖就坐在榻边，就像坐在高轿中的宫女。令木头惊讶的是，此次她挽了发髻，穿着完全像有唐一代的女子。褪下的唇脂浅浅会聚在她的唇尖。唇起之初，像是画舫流过月河的一首诗，胭脂晕染在颊侧，羞愧时可会略略操起蒲葵扇以遮蔽？她的眼线鱼泥般柔和，衬得那双明眸更富神采。

“我想好了，今天我们就拍它吧！”

水妖侧身指了指榻前墙边那幅花斑水蛇画。原来一直都挂在那儿啊！木头想起第一次见到它时内心的压抑。不过这一次，他倒不觉得厌烦，一点儿也不。

“拍它？”

“不是拍它，是把里面象征的内容拍下来。”

水妖说着从身后的绣袋中取出一团花色细密的绸缎带。木头这下有点蒙了

“你指的是？”

“你想象一下，这缎带就是画里的花斑水蛇，而我呢，就像那段被缠得紧紧的人偶，你要用这缎带把我造型好的身体，缚住！”

木头一开始还以为自己听错了。可是，当水妖将那团柔滑的缎带递给他后，他猛然明白了些什么。应该说，是他的生理反应

让他恍然大悟的。可是，还没等他来得及犹豫推诿，水妖就在他眼前褪去了唯一的一层蔽体宽衣。她背对着他，所以他可以看见宽衣滑过她后背击散的光影。他甚至能够一眼就看到，那白皙和柔滑的右肋处的一粒沙石般的痣。随后，随着她右手腕一划，黑色的瀑布便从脖颈处散下。木头既怕盯着她看，又怕走神去了她身体别处，直到只穿了一件罩衣的水妖朝他起身，迎面走来。

“来，帮我设计下动作吧。我该怎么做，告诉我。我相信你！”

木头感觉眼前的真实世界正在从水妖四周剥离。就好像，她与太虚幻境一同从一面碎裂的镜子中走来。她径直走到铺着竹席的榻榻米上，像株水生植物一样，伸展四肢，安静躺下。

木头只好走过去。他手中的缎带团沉沉的，他几乎不敢想象它们捆缚在她身上时承担的弹性和声响。

他还是按照她仰卧的姿势，用一条缎带绕过她的两只手腕。开始的时候他还把握不了力度，这使她的手腕充血，如葱白蘸了火烧般的彩泥。他只好稍微松弛下来，象征性地系了一个结。同样的事情发生在了她的脚腕，那双脚腕光洁明亮，像是揭开锦盒后的玉玺。

水妖还让他在她胸上做一对绳扣。难度有点大，他既怕弄痛她，又怕不小心碰到她敏感的地方，所以，只好慢慢地环绕。几次，他在她罩衣边犹豫不决，线头在手中抖动着，又过几次，他碰到了她柔软的胸侧，而她就像被什么轻轻地蜇了一下，嘴唇跟着微微抖动。就这样，人形的木头终于来到了人性的最底层。他用缎带完成一束玉兰花般伴手礼的同时，再也无法藏匿自己蒸腾起的欲望。可是，看到一脸清淡、心中无物又微阖双眼的水妖，他又满腹羞愧。

这种焦灼又让他大汗淋漓。眼眶涟涟让镜头雾气缭缭。直到拍完最后一张，他都不知道该如何用镜头处理由他捆缚的水妖。就像一个恶贯满盈的人无法直视新生儿——原来他也曾纯粹如昨。

收拾完已是夜间。木头原本想要和水妖相处更久些，却不太敢多说一句话。他低头卸下镜头，那种漫漶似要把投射在上面的光也顺道打包装好。而他的额头突然间感受到了一阵松软的触碰。那感觉就像，就像躺在密林小溪边，被落下的一枚细腻的新生松针碰到。这时，水妖站在他面前，用温柔的射线击毁了他的矜持。他终于按捺不住，一把搂住她，想要与她接吻，而水妖却用最轻盈的旋转避过了他的狂热。

“你是一个很棒的私房摄影师！请用照片留住我！”

木头僵住了。他感到后悔，觉得自己破坏了之前秩序井然的等待。所以此次他发狂般熬夜挑选处理着成片。每一张照片，都是他邪恶念头的伏法。照片中，每一次水妖肢体的扭动，又会带来他心中炽烈的摇荡。一时，他摊开麻木的双手，手掌凌乱的纹路似乎是缎带压过的肉体折痕。如果把她的印迹全部展开，也许就能看清前世今生。

此次，水妖并没有告诉他应该在相册上留下些什么。木头却自作主张地回了一句：

七月沐愕心，
白成一莲说。

（3）

就在我们总以为的夏天几乎耗尽的那些日子里。木头一想到水妖的卷袖离开，还是会伤心。他知道，水妖也许是在提醒他一个私房摄影师的道德底线，但是，如果是真的爱呢？这世上让道德吃过败仗的，也许只有爱了吧。

他没有再遇到她，也不常去湖边拍摄阳光和对岸的雾了。因为没有了爱情，在百无聊赖中生活，像是歌唱遇到了休止符。可是，时间明明没做过留步的打算啊。

色彩斑斓的时间、碎裂的时间、肮脏的时间及价值连城的时间……

直到一个转角的午后。正站在阳台边，远望着城市边缘飘来的一段古城墙遗迹的木头，突然看到一个几近盘旋的活跃句读，从旧城区密集的电线编织物上缓缓迎来。起初他以为是某处玻璃建筑反射过来的光斑，或是逃离儿童小手的风筝，怎么也没想到，它竟是一只鸽子。

“难道它不该合群吗？不该。”

疑惑中，木头自问自答。那只鸽子却明明朝他飞来，直到落到他窗前的晾衣架上。

“你怎么迷路了？这不是你的家哦。”

木头刚想关上窗户，却意外地看到它的腿上系着什么，这使他突然想起了水妖口中的“飞奴”。

亦真亦幻中，他取下了信使的书信。抚平一看，上面工整排列着一句：

> 旦夕此夏示微，但求此生绵延。
>
> 请用照片留住我！水妖

念罢此信，木头内心湮灭的希望复现。他也急着拿起笔传封手书过去：

> 七月流火，八月未央，许我流长。

他并不期盼什么，也不留下什么明确的信息，随即遣返了那位信使。

然后，就在那天晚上，秋凉坠下。木头也从一段青秀绵延的栈道上步入河池边。这明明是三生道长的一尾舟子。揭开落叶，他拿起桨，解了绳扣，推了岸，舟行便流畅起来。

看似未明的山光水影、垂丝芳草，幽幽扒开一道光线，逢上一座石桥。

石桥上，一柄纸伞，飘舞着衣袖和新作的诗。这一切正是他初遇时，她的端庄。

当水妖和那雀跃的晨曦相遇时，万物都围聚在她身边，哪怕有一点儿斑白落寞，即成他们间难于跨越的距离。

距离一步步缩短，水和岸靠得更近。水妖竟化作花斑水蛇，轻抛纸伞入河中。河流顿时分为两段，而她则游动于河心盘桓不散。

时光交错，木头和她成了画中景、水中莲。

我在木头的日记本里，看到了他在这场梦中留下的一句话：

君情目送天涯时，吾愿合意舞拓枝。

渡我人间仙境恋，遇君往来冬夏秋。

把我带到最孤独的
云彩上

（1）

她有个我认为世上最安静的名字：云彩。她超级喜欢看基努·里维斯主演的《云中漫步》，旅行时喜欢在朋友圈里晒各处的云。我不知道，她的爱好和名字之间有没有什么关联，或是她的名字被她的生活不断地赋予新的意义。比如，她爱上了雪原，一个空军国防生。

雪原从小就迷飞机，对米格系列、零式系列的发展史倒背如流。他幻想着驾驶飞机穿梭在云团间，然后给敌机致命一击。他第一次和云彩约会时，就把这个梦想毫无保留地告诉了她。

（2）

我给那天取名“淅淅沥沥的烦躁日”。顾名思义，雨下得很大，碰巧他俩相约的那条路在施工，只能通过一个人。地面淅淅沥沥，看着忧郁。他们应该算网友相见吧。选在这样的天气，两人又各自撑了伞。所以，相视一笑，就在自己伞下依次走着。认识他真的纯属偶然吗？云彩边走边想着，一周前，她报名参加一个露天音乐节，填了单身，谁知道这个程序有一个自由配对的设定，他们就认识了。一周后，距离音乐节开幕还有半个月，他就先约她出来走走。

“不然我们到室内吧？”

撑起的黑伞下，雪原有些不好意思。

“就在前面转弯的地方，有个我经常去的露台。去吗？”

撑起的红伞下，云彩加紧了几步，超过了雪原。

于是，她带他到了一个门前铺着红地毯的垂帘前。雪原照着云彩的动作，把收起的伞倚在门边，低头进门。只见一个打着钢筋架子的旋梯。

“就在上面！”

说着云彩走上旋梯。欢快的步伐，带着爽朗的笑容，这位姑娘很快就向上走了一圈。她骄傲地低下头来招呼他，好像在宣告，她的快乐不再为坏天气所左右了。

“喂，我一定要带你看看！”

就这样，雪原跟着她，有些为难地攀登着。脚下的旋梯总给人以年久失修的印象，它的每一次摇撼，都让他心惊胆战。云彩则忽隐忽现，鼓励着他、召唤着他，好像他们去的地方真的与众不同。

不过是个天台。在攀登了十层楼那么高的梯子后，雪原终于再次看见了天空。

雨停了，天空只洒下些碎线，没有此前那么讨人厌了。环顾四周，他们像是到了一个烟囱的顶端。圆形的天台上积了些水。几根晒衣服用的细杆旁，雪原看见一个倒过来的塑料盒。云彩就蹲在旁边。

“来看看小积木吧。”

云彩边说边发出“积木积木”的召唤。雪原低头走过去，脚下浸着水的地面细小裂痕显得特别清晰。其实，那是一个柔软的猫房，因为，他很快在里面看见了一个毛茸茸的家伙。

“你真有运气，积木很少来这里面呢！我也不知道她什么时候会回来。”

云彩伸手摸了摸积木的脊背，她是一只虎纹猫。

“所以，你经常过来看它？”

雪原也学着蹲下来，用手背抚了抚它。

“基本很难见到啊，我就是过来给她换换猫砂，带点儿吃的玩的。”

“看她爱理不理的样子，感觉不领情啊。”

雪原以为这是个玩笑，没想到云彩却认真起来。

“怎么会？积木最懂报恩了。我生命中很多美好的事情都是认识积木后发生的。”

这话听上去当然会觉得别扭，雪原却瞬间爱上了面前这个美丽的姑娘。他仔细看着她，也算是第一次真正意义上的端详。她的眼窝像含着珍珠的粉色贝壳，鼻子海岩般高高隆起，嘴巴是从外层空间视角精心裁下的堡礁一隅。她的头发则自然地卷曲着，是夕阳映衬的云幕。

“比如，遇到我吗？”

话一出口，雪原才意识到自己的脸皮有多厚。确实，云彩的脸一下子就红成了烟霞。

“你常对初次见面的女孩儿说这种不正经的话吗？”

雪原的脸也红了，慌忙辩解。

“我的意思是，今天见到积木，我也会变得很幸运啊！”

这句话逗笑了云彩。

我常想描绘一些能够跟着人事聚散而变幻的天空表情，比如，趁他们的心离得更近的时候，阳光终于冲破了城市上空久久未散的阴云。美好的，就应该相互呼应。比如，雪原和云彩，两个曾经相距遥遥的人，竟然让一连串关乎身世、星座、记忆、爱好的冗长对话产生了奇迹般的效力。谁都拿不起的两颗自我的灵魂，被爱的天台承载着，竟是那般轻盈曼妙……

（3）

“那不是马上就能开飞机了！”

“对啊，我每天都在期盼着！我想，这样我就能一直一直守护着云彩了。”

云彩又红了脸。这是第二次天台对话的开端。

雪原还没牵过她的手。那会是怎样一种体会呢？暖的？一定是暖的吧。感觉云彩不太习惯牵手，所以手会泛潮、会有些僵硬，这样的说法也说得过去。但究竟是怎么样呢？

第二次见面，他们又神奇地遇到了积木。这天的积木很活跃，因为天气不错。天台上有些热，上一次溽湿的地面开裂着，释放出淡淡的沥青气味。只见积木轻盈地穿梭在上面，一会儿逗逗影子，一会儿又去恐吓一下云彩送她的玩具熊，一会儿又翻过肚皮晒太阳。雪原和云彩呢，就趴在天台的围栏边，看着底下的树冠，远处的高楼，还有延伸到天边的江水。除了观看之外，他们还一同沉默着，经历一场有意思的听觉试验。新奇的是，任何底下人的谈话声，他们都能听得一清二楚。妈妈催着儿子回家的声音，老板催着职员回公司的声音，确定一下同事到底要什么咖啡的声音、被老婆骂不正经的声音、嚷嚷着找零的人、和朋友聚会吹牛的声音……这么多声音里，云彩最怕听到房产中介的声音，最怕他们声称炸掉这个天台、拆掉整座厂房——他们是会做到的。到时候，积木还能找到这座城市离天空最近的地方吗？

“我看过英国作家哈代的一本书，是英文原版哦！”

云彩扭头故意炫耀一番。

“书名叫 *Two on the Tower*，中文翻译是《塔中恋人》。讲的是一个男孩儿与一个在塔中用望远镜观看天空的女人的故事。”

“是爱情故事吗？我关心的是，为啥我是那个男孩儿，你是那个女人呢？”

玩笑的世界里，雪原总能轻松获胜。

“谁说你是那个男孩儿啦？我，我也不是那个女人啊！真是的。我，我只是突然想到了里面描写的天空而已！”

她扭头装作继续看着远方的天空。

“我不觉得他笔下的天空多么的好。这样吧，有机会，我开飞机带你穿到云彩里看！”

雪原装着拉起操纵杆的样子往左，他也轻轻地把云彩的肩膀往左边推了推。

“喂，你干吗啊！”

云彩立刻掸开了他的手，身体缩到了一旁，像极了积木受到威胁时的样子。

“对不起，我以为，我只是……”

雪原有些惊讶，他以为自己弄疼了她。

“好啦！我要下去了，天快黑了。”

云彩转身离开的时候，雪原也许应该顺势牵住她的手，那种温暖一定是蜇人的吧。

回去的路上，空气和阳光都像装在一个口袋里。雪原决定把《塔中恋人》读一读，他想知道云彩脑中的景象。也许他太性急了，但更多的是不解。近来，雪原会时常想起发生在教官身上的事。教官是在入伍前的假期爱上了一个姑娘，一家歌厅的招待。他们那段时间每天在一起，让整条街道的人都很羡慕。他原以为自己很难通过入伍体检，就像他原以为光有爱情就足够了。直到接到一通电话，催他赶紧回学校打包行李，明天就要去军区报道。在那之前，他跟她提了结婚的事。也是在蜜橘色的城市黄昏下，也是在某个天台上，他偷偷地问她，想嫁给怎样一个男人，她害羞地躲过他的视线……

雪原在想起他们的结局前，想了想自己爱这个女孩儿的初衷。两周前，刚刚离开校园开启假期的他，如果不是看到自由配对信息，也许根本就不会参加音乐节了。像摇奖一样，他希望很快认识一个合适的姑娘，和她拥有一段浪漫的回忆。

他不会对任何人说心里的话，起初，他也没想过和云彩说。看着大街上亲密到没有分寸、没有焦虑的年轻情侣，他又想起那些孤独锤炼的岁月，心中的焦躁始终压抑在校友口中丰乳肥臀的荤段子里，在那些低俗杂志和小说赤裸裸的封面上，在短假回来后室友谈论 ONS 的声情并茂里。然而，他始终迈不出这一步。他想要尊重一段爱情，厌恶各取所需的无聊把戏，因而获得了一个执着狂、冷淡室友的外号。

只是这一次不同了。他也许没有机会真正到部队。优秀的同学太多了，凭什么会把他推荐过去呢？也许这一次，他可以大胆地谈一次恋爱了吧。一种最最常见的恋爱关系。合适的时候，就可以把内心的欲望通通发泄出来。对，他想过，也许不该用发泄这个词。可是，一股力量催促他把该来的要尽早带来。

（4）

云彩一连三天都没有去天台，对雪原的信息也并没及时回复。她也不明白，简单的触碰缘何带来这么多负面的情绪。还好，她有“爸爸”，她的好朋友。“爸爸”大学时候就出去兼职了，一个神秘的职业，使她特别了解男女之间的事。她比云彩大五岁，因为一份寄错的快递而相识。

那天，她接到了云彩的电话，说她根本就是弄错了。这件衣服怎么可能穿在身上呢？“爸爸”让云彩发个买家秀来。磨叽了半天，云彩总算传来一张图，原来是“爸爸”网店里热卖的蕾丝文胸性感内衣。对了订单，“爸爸”回应说，订单上并没有显示错误，这根本就是云彩自己选的啊。云彩那边马上发来了她原本想要买的一件很普通的白色内衣图片。

在接下来的交流中，“爸爸”渐渐感受到了云彩少女般的单纯。那是一种圣女般的光线，一点儿都不夸张。“爸爸”第一次见到云彩时，真的看到了这种光线，真的就像是从最最干净的天幕中溢出来的。她们很投缘，然而，过路人都不会主动认为她们是相识的。“爸爸”全然熟女的打扮，云彩总像个高中少女。面对时而异样的目光，两个人故意靠得很近，讨论着工作和生活，有时还大大咧咧地开着玩笑。“爸爸”在其中更乐意扮演一个回答问题的人，她不想给云彩太多观念上的影响。也许，这就是她们间相处的法则吧。

云彩和“爸爸”在天台见面了，这是她拒绝与雪原相见的第四天。“爸爸”当然知道她恋爱了，云彩早就把和雪原的事告诉她了。

“姐，你干吗给我报这什么音乐节嘛！根本就不该认识他！”

一见面，云彩就一副埋怨劲儿。她看积木不在，就更不开心了。

“小伙子年轻气盛吧？”

“爸爸”并没想要安慰她，她知道他们之间究竟出了什么问题，从一开始就能猜到。可是，云彩仍然需要被不断地提醒，提醒的话还不能说得太尖刻了，对吗？

“姐，你这是话中有话啊？”

“爸爸”将轻便的手包钩在了小拇指上摇晃着。一阵风孤傲地袭来，撩开了她前额的几缕头发，驱散了身上的香水味。她的目光从天空深处收回，随即落花了云彩洁白的造型上。

“你觉得人们为什么会选择在一起呢？”

云彩也随风慢慢地靠了过来。

“因为爱！”

“爱，具体说说吧。什么是爱？”

“爱，就是……是彼此内心中都很珍惜对方，想要和对方经历更多事情吧！”

“爸爸”嘴角微微上扬。每当这个时候，她的脸会突然黯淡下来，旁人会觉得一定是说了什么不妥当的话。

“这判断起来就困难了。你怎么知道对方时刻都在珍惜你呢？而且，人最在乎的是他们自己。”

云彩皱起了眉头。听完“爸爸”的话，她的内心不觉打起了冷战。

“所以，我们需要时刻创造条件，感受爱的真实存在，对吗？我们需要勇气去接受一些事情。”

云彩终于懂了，今天的天气不好，像是一个很冷的冷笑话。

“姐，难道是因为这个吗？我不知道怎么样鼓起勇气啊。那天，我感觉他伤害到我的自尊了！”

“音乐节里会演一首歌曲，尾崎丰的 *I Love You*，是我最喜欢的一首歌，讲的是一对私奔的恋人。他们就像弃猫一样，在小屋中紧紧地抱住彼此，用激情去让爱情永不褪色……”

“爸爸”突然转身抱住了云彩，脚下的高跟鞋让她高出云彩一个头。云彩一头扎在了她的胸口，她紧闭起双眼，却抵挡不住那阵带有暗示意味的香味。她触到了“爸爸”的头发、体温，她能想象这副同类的肉身与她的是多么的不同啊！

“感受到了吗？至少这会让你记住好多天吧。何况，这只是一个拥抱。他要的并不多，只是急了点儿。爱，就是要不断地创造和拥有一种感觉。”

云彩逐渐放松了下来。逐渐睁开的眼睛里，是深栗色发梢的凌乱，是紧身毛衣边缘的绒毛，是隆起的胸形，是极度真实的触感。

那天，她们在天台聊到很晚。“爸爸”跟她说了自己听过的最心疼爱情。故事里，军人抛弃了歌厅招待，什么也没说，只顾着把内心中最最美好的东西全数删除。“爸爸”把眼角渗出的一滴泪藏在了披散的头发和并不生动的讲述里……

（5）

音乐节那天，他们相约在“废物”公园见面。其实这里只是曾经的废品加工厂罢了，后来重新规划了，倒成了一个小清新的地方。一片绿茵茵的草地、一个人工水池，还有一些人为的景区。开发商也许是受到了近年露天音乐节的风潮启发，和当地文化局筹办了一个专属年轻人的音乐节。官方名字是，乐透音乐。可是，口口相传的名字是废物音乐，反而涵盖了摇滚精神。

她在人群中看到了他。那时她已不惧怕牵手了，有时还觉得这种牵对手的感觉很奇妙。等人的阿猫阿狗都在等着去牵对的人的手。那些手有的干燥、有的湿润、有的攥着机车帽、有的握着可乐瓶啤酒瓶。有的和云彩的一样，温暖地空着，一握便知心跳。

草地四周搭着三座舞台，上面聚着调音的乐手和音响师。观众就坐在护栏围成的场地中，大多数会因为兴奋而选择站着，也有趁没开始坐在后面稍空旷的地方喝啤酒的。这是一个较为嘈杂的世界，属于年轻人的时区。云彩听见，他们大多会讨论今天有谁谁谁的演出，有些可能和他们一样早就相识了，聊得更深入些。两周前还是陌生人，今天就成了好友、Soulmate、炮友、恋人？网络世界的一场速配核爆。然而，新的关系里又会交织着多少旧的关系啊。作乱的、抵抗的、反拨的、持异见者的、无政府主义的，才是摇滚的。

“最期待谁的演出？”

雪原的话把云彩的思绪牵引了回来。

“尾崎丰的那首 *I Love You*。”

“可惜不是他本人唱啊，在致敬‘27 俱乐部’的单元里了。”

“为什么，生命偏偏都留在了 27 岁呢？ 27 岁那年，他们快乐吗？”

云彩的话让雪原一时回答不出，她正用黑曜石般的眼睛看着他，这让他有些不安，只好更加紧握住她的手。

“那首歌，讲的是一对私奔的恋人。他们就像弃猫一样，在小屋中紧紧地抱住彼此，用激情去让爱情永不褪色！”

云彩只是把脑中回响着的声音传递了出来。演唱这首歌曲时尾崎丰故意声嘶力竭，在跳跃到高音时，他几乎失声，她此前听的这一版正是他最后一次公演的录音版本。

“云彩，我本来想晚些告诉你的。可是……”

话音被由远及近的欢呼声淹没。随即定音鼓的声音已传来，他牵着她的手站起身。还好他们站在一段缓坡上，能够很清楚地看到主舞台两侧大屏幕上的倒计时。全场在DJ的带动下，倒数5、4、3、2、1！灯光和乐队的电音齐奏炸裂，人潮开始癫狂起来！

这种时候观察人比听音乐会有趣。或者，这两件事都是雪原分散注意力的方法。话没能痛快说完，比寒冬深夜3点站军姿还要难受。可是，身旁的云彩已经融入音乐中。他落寞地想着，他的温度这辈子也只能到达她的手掌了。还好没发生什么。雪原此时倒觉得云彩是个珍惜自己的姑娘，他不再认为她羞怯保守不懂恋爱了。因为，他已丢失了自己的立场。情况发生了变化，人也会跟着变，因为他们爱自己永远比爱别人更多。

一首首歌曲像捕食者一样掠过上空，撒下欲望的碎屑。人们尖叫的时候，大多捂着耳朵。还好！他们等到了那首歌。那首歌曲是由日本歌手小田和正唱的。六十多岁的他，戴着毛线帽，显得有些老迈，声线却清澈得跟二十多岁的男声一样。他弹着钢琴，似在揣摩一个故事或一幅画面。随后，雪原和云彩就听到了他真情流露的讲述：

这不是任何世俗观念可以容许的爱
两个人就像弃猫一样
这个小屋就像是被落叶掩盖的空箱
而你就发出像小猫一样的哭声
在吱吱响的床上与其保持温柔
不如紧紧地抱紧对方
然后我们再闭上双眼
让爱在悲歌中永不褪色
I love you 在幼稚的两人的爱中
有着不可触摸的秘密
I love you 在现实的生活中无法到达
合为一体的爱
只有梦想和伤害的两人啊
向你说了多少次的“我爱你”
没有爱，你将无法生存

伴随着他的日语原声，大屏幕上不断地闪现出歌词。云彩想到积木，起先被人遗弃，后来被她养在落叶掩盖的空箱内。她又觉得这只弃猫，正是她自己。积木和她一样，都在等待着爱的出

现。他会强有力地俘获她的内心，拥抱她，让她终于明白“爸爸”那句话。也许，爱就是不断地创造和拥有一种感觉吧！

爱不能永恒，因为我们的存在是有限的。但，每一次真实的触感和歇斯底里、精疲力竭，让爱成了某种闪耀在生命图景里的东西。和灯塔一样，指引着记忆的航道、纪念着每一次精神的存亡。

那一晚，雪原还是没对她说，因为，他意外云彩会如此主动地抱着他。他带她去开房的时候，她只是望着陌生的红色地毯发了会儿呆，在雪原打退堂鼓的时候，她却径直朝走廊里走去。她害怕了吗？推开门，白色的被褥、床单，淡蓝色的地毯、窗帘。她有些担心这座空箱会承受不住那种激动的摇撼。两个洗完澡的人呆呆并排坐在床上，接下来会怎样？雪原却因为担心离开而不敢迈出那一步，他空落落地看着对此一无所知的云彩，心中充满愧疚和歉意。

“我想，我们还是不要这样了吧。因为，我明天就要去部队了，我被选上了。”

“你知道吗？我听过一个类似的故事。一个军人和一个歌厅招待恋爱了，她本以为爱情会顺利发展成婚姻的时候，他却抛弃了她，让她一个人去承受最缓慢也是最剧烈的挣扎。”

“你怎么会知道？”

雪原惊呆了，令他更没想到的是，云彩说着褪下了裹在身上的浴衣。昏黄的灯光下，她穿着黑色的蕾丝文胸。他惊讶她一直有意遮蔽的肉体竟如此光滑白嫩，她的胸形也被内衣塑造得很完美，湿漉漉的头发从侧肩滚落。

“我也想让你记住爱的感觉。也许比起背叛来说，那种感觉更会让人铭记！”

（6）

雪原离开了云彩，离开的时候，他许诺会回来看她。他离开后的第三天，她做了一个梦，梦到自己坐着他的飞机真的去到了云彩里。然后，他停在那里，对她说，这是一片孤独的云彩，却从来坚强地不惧消散。

雪原离开的第 100 天，天台被拆了。积木从此不知去向，下次会在哪儿遇见这只弃猫呢？

论及一个遥远的恋人

（1）

茶爱上了走夜路。故事并不是从一个幻想走夜路的孤胆英雄开始，也不是从一个喝得晕头转向、抱着虚妄张狂不放的酒鬼开始，就是很平常地走回家，在深夜，街道被洒水车弄湿，反射着昏黄的路灯，而他就像在旧照片里穿梭一样。他有点疲惫，心却因这景象？无限蔓延。

他会想泡一壶铁观音，会想有个遥远的恋人去思念。

他背着双肩包，踩着不均匀的阴影。偶尔听到疾驰而过的声音，便抬头看看，无精打采却还要找找英雄气概。今天的心情有点不一样，下午的时候，他接到了家人的电话，很平常的问候。准确地说是中午一点半的时候。每次午休，总会发生点儿什么。所以，他一直很迷信，就算没什么，也会找点儿这个时段生活的特别之处。今天，异样发生在妈妈的一句轻描淡写的话中：“外公最近有点厌食。”

茶的外公是老红军，干革命那会儿没吃的，树皮都吃过。平反以后他从原下放的公社回到部队，干的第一件事就是一口气吃了 60 个饺子。这些鲜活的有关吃的故事，都是茶幼年时从他嘴里听到的比打鬼子更大的事迹。对妈妈的话，他不怎么信。

于是，他就问了具体的，她没说太多，就说外公腿脚不灵活了，躺在床上不愿意去厕所，也干脆不愿意吃东西，免得给人添麻烦。听到这儿，茶心情有点沉重，他只想过人老了，会悄无声息地退化。越老变得越局限，先是腿和手，然后是血管、脏器，然后是小脑、下丘体。老人的心灵也会关闭，对一些人和事变得陌生，常钻到一两句牢骚和几幕人生集锦式的场景里，躲着不见人。外公也确实有些老了。上次见他的时候，整个人精气神都泄了不少。也不染发剃须了。目光在电视、香烟、外婆，还有轮椅间来回跌打，疼得厉害。

茶小时候被外公照顾，刚出生的时候。是多久以前，他不记得了。那种感觉，也记不起来了，只好让肉体从属了那部分生活的记忆。他的肌肤还记得那时的粗糙。他推点着外公后背的痦子，还有浓浓的红花油的味道。时间过得太快、太紧。紧到也会和绳索皮筋一样被绷断。然后，今天就记不起昨天，这周忘了上周。和他此时走过的这座桥一样。它当时也是一截截地拼凑起来的，醒在江面和夜幕间。

快到大桥岗亭了。他叹了口气，侧身扶着栏杆，想看看桥下夜晚的江水。突然觉得根本没有所谓的时过境迁，只是逝者如斯罢了。他默默地叹了口气，把脚踩在了围栏基座上。热腾腾的水雾在其下狂舞，几点航行标记灯，然后是江两岸的沿线灯光，往前应该可以滑向他的家乡吧。他身体不觉前倾，想暂时忘了自己的存在，把自己想象成江上的暖风。

“不介意的话。一起跳吧！”

他身体摇晃了一下，像是单纯被这句话撼动了一下。

过了一会儿，他才朝发声的方向扭过头去。一个穿着很素净的女孩儿，犹如星光下背着篮子采药的女子，素雅而冷淡。

“你说什么？”茶只想确定一下。

“哦，没什么。要跳的话，一起吧。两个人会更有勇气迈出这一步。”

茶有点明白了，心却一紧。他仔细看了看这位少女。她系着长发，路灯为她上了哑光，连衣裙也变成浅黄色。此时她的表情太过平淡，目光平缓，看样子是哭完了。

“为什么呢？”

见少女不为所动，脚踩上了护栏一步，茶越发觉得情形严重。人类唯一没有受过训练的技能就是劝人打消轻生的念头。千钧一发之际，茶想到的就是利用同类的保护色去拖延时间。

“不想知道我的原因吗？反正要一起，在道路的尽头，彼此认识一下吧。你不觉得这样才算前世的因缘吗？”

少女漠然地看着他，她感到这男孩儿应该是不想跳的，因为他的紧迫感。想起错会他意，她内心觉得好笑。可是，她怎么也不想表现出来。论及伤人，挂上脸的表情跟上弦的弓箭没什么两样吧。这男孩儿倒也顺眼，他坚毅，却不像是善于表达的人。迎接死亡前拥有为这场游戏人生作结的小小仪式也挺有意思，她决定回应。

“我叫云彩。你呢？”

“茶，我叫茶。”

“茶，谢谢你陪我。你赶紧离开吧，否则这事会给你带来不便。”

茶一时语塞，急于劝慰又害怕露馅的表情让云彩觉得好笑。她不觉得生命的尽头捉弄一个人有什么不对。况且，他也没对她坦诚。

“反正都要跳下去，我只是担心会被说是殉情。最近不是总有些社会新闻吗？说小情侣闹分手，结果假戏真做，都那个什么了。”

面前这个男孩儿的急中生智，让云彩重新打量了他一番。他有些瘦小，梳着中分头，目光温和，善解人意。自带着一种简单的亲切感，就好比在很日常的生活场景中经常出现的那么一个小哥，可能不那么让人印象深刻，却不可或缺。难道他就是上一代人口中的好男人形象吗？

不，云彩不信。“爸爸”的话没错，男人都一个样。她的舅舅、雪原，都是只顾私欲的。想起他们，想起他们在床上放大的丑恶面貌，她就作呕。茶也一样，只是这面貌生得更普通，藏在一副伪装的善意中。她一定要给他们一些教训。想到这，她的人生突然间有了一点儿意义。和远方江心处的航标灯一样。那里，一定有艘拔锚的船。

“殉情……日本有个作家叫太宰治，写了好几次和恋人跳崖的情节，最后他真的这么做了。早一点儿，我们或许有成为恋人的可能吧。”

“那可以重新开始啊，反正我还没恋爱过。仔细想想，都没有过恋爱体验，就着急离开，总有些不甘心啊。”

这句话是真的，茶的确没恋爱过。但他幻想过自己的初恋。初恋伊始的季节应该是冬天，地点在市内一处湿地公园，和她坐在石凳子上，聊着一起出国留学的事，“就算比你早去一年也没关系，我会等你呀！”随后取下手套，握着她微凉的手，看着有些萧瑟的湿地，和更远处的城市上空的黄昏。

“敢不敢试着和我在一起一个月？”

云彩的表情仍旧冷漠。茶看不懂，他也一样，根本不会相信自己刚听到的。

“那就……那就都不跳了吗？”

看到他的傻样子，云彩的心突然软了下来，又有些不忍伤害这个男孩儿。可事情从来都是巧合与巧合的结合，尤其是伤害与被伤害这件事。云彩未做停顿，就回答说：

“过完这个月，如果我们还在一起，就不跳了。”

“好啦，那我先送你回家吧。”

没等茶伸手去扶，云彩就先一步跨下围栏。甚至在最为嘈杂的汽车飞驰声和轮船的汽笛声中，她还能分辨出连衣裙扫在围栏上的沙沙声。

“不用，我自己回去。”

“那我给你叫辆车吧！”

话音未落，茶也学着抢先一步，扬手招呼到了一辆出租车。

“快点儿，大桥上不让停的！”

见司机摇下车窗，一脸抱怨，云彩索性依茶的意思上了车。在嘴里念叨了一小串地址后，她对茶说：“我们彼此没有亏欠，希望一个月以后也不会有。”

“不会的！”

“嗯，138********，我的电话。明天联系！”

车一下子就汇入了一行车队中。茶目送着她的离开，又转而看了看江水和夜色。

这爱情的开端啊，简直弄得他一头雾水……

（2）

第二天，茶早早地醒来。没想到昨晚的睡眠竟会如此踏实。没有魂牵梦萦的香气，只有眼前塞得满满当当的独居室。这是他在这座城市最初也是最后的防线。仅有的防空洞里，拥有他最珍惜的东西——那面可移动的照片墙。每天醒来时，他的目光都会落在上面：他和外公的合照中，他总会顽皮地围在他的身边。老人的胡茬和温暖的脊背，在他的童年生活中一直给予他父爱般刚强的印象。和爸爸不一样的是，外公更慈祥，也没有污点。外公不会醉醺醺的，也不会怨天尤人。他的亲切和蔼表里如一，他也从来不去计较付出。

照片墙上，还有一群大学好友。茶是他们中最矮的，因此，每次与他们合照，他都被挤在最中间。大学毕业后，他们疏于联系，距离上次会面已过了两年。不过，茶还记得上次见面的情形，每个人都会讲讲最近的生活，更多的话题还是围绕着美丽的大学时光。其中，最劲爆的消息就是得知同寝室好友达野当了护林员。想到这儿，茶突然想起自己“恋爱”了这件事。它也一度是这个小团体最关心的事。

于是，他心情忐忑地拨通了云彩的电话。或许是单纯地想确定下昨晚发生的一切。

“喂，我是茶，请问你是云彩吗？”

茶等来的声音还是异常平静。

“嗯，你是来确定昨晚我说的话算不算数吗？”

茶被这突如其来的话语弄得有些不知所措。

“……没有，只是单纯的想知道你好不好。”

“挺好的，如果没什么事我先挂了。”

电话的嘟嘟声让茶有些失落。他转念一想，好像自己本就不该有什么期待。同时，他应该感到高兴才对，至少他成功地在昨天阻止了悲剧的发生。

于是，他起床洗漱，坐7站地铁去公司上班，在封闭狭小的工作间埋头苦干，中午点了一碗肉丝盖饭……

就在茶以为昨天的事只是平淡生活中的插曲时，他竟然接到了云彩的电话。电话中的她一改此前的冷淡，反而有些抑制不住的兴奋。

“我想见你，就晚上吧。”

茶有些意外，他下意识地看了看表，距离下班只有一个小时了。

“好啊，在哪儿见面呢？”

“就在黄埔街口的天地公园门口吧，6点。”

“好。”

等挂断电话，茶才想起天地公园是个什么样的地方。那里是天地地产开发的高级住宅区，听说平均房价已飙到每平方米四万多了。当然，外围的商业街也都入驻着这座城市里最昂贵的品牌。餐饮也是，记得上次总监请客，人均消费了四百多。

不过，高消费也吸引了城里最有钱的势力。他们常将豪车停在路边，那些手挎名牌包包的女士，像极了《高老头》里的拉斯蒂涅。

而月薪不过四千元的茶，是从来不去那里玩的，哪怕去那边逛逛也没想过。可是云彩偏偏选在那儿见面。这究竟是为什么呢？

茶没有继续往下想。他从来都是以最善意的想法推己及人。云彩也不是普通人，都不太计较生死了，计较这些身外之物干吗呢？怎么开心怎么来就好。

下班的时候，茶起身便走，弄得组里的同事还开玩笑说，怎么从来不慌不忙的他今天赶着回去呢？是不是去见女朋友呢？茶有些不好意思，他和云彩的关系被他们言中了吗？

来到拥挤的地铁，他看到那些他看着的人。他们无精打采地刷着手机，好像回家对他们来说也没有什么吸引力。记得在公号里翻到过的一篇文章提到，对21世纪的人来说，家就是床和手机屏保。够讽刺啊！茶感到右脚传来一阵痛感，猛然抬头，刚好撞见另一个猛然抬头的人，很显然脑子还未从手机里钻出来，嘴里勉强挤出“抱歉”二字。

直到挣脱地铁里的人群，重回路面，他才感到生活开阔了些。第一次独自来到这里的茶，开始仔细观察着富人世界的不同。天地公园边的梧桐上都系上了灯，乍一看，很像男人撒谎时闪烁的眼神。在恼人的盛夏时节，这里清凉得不合时宜。可能是环绕在建筑外围的降温喷雾的原因吧。还有，这儿的路面是细碎的马赛克造型，说是能激发人们的消费欲望。

“嗨，老远就看到你了。”

茶的思绪被一句略带埋怨的问候打断。他回过头来，简直不相信自己的眼睛。

第一次遇见云彩时，她是那么素雅、安静，白色的连衣裙和倒捧花束般的黑发。而现在的她却打扮得那么入时，好像《男人装》《尊品》杂志里的时尚明星一样。她的头发烫得有些微卷，口红和眼影让她的五官显得更为立体，穿了一件缀着金色搭扣罗马式短衫。如果说昨天踩上围栏下沿的她才与他一般高的话，今天的她也同他一般高。那是因为她脚下的那双亮黑红高跟……从没想过和这样装扮的女孩儿约会，茶只好呆呆地站着。

“怎么，认不出我了？”云彩显得有些不开心。

茶慌忙道歉。“没有没有，不好意思，你和昨天有点不一样而已。”

“我随意打扮了下。走吧。”

云彩说着一把挽住茶的胳膊。面对这突如其来的亲昵，茶只觉得身体僵硬无比。他的目光也僵硬地环视着周围。有生以来，他第一次如此在意旁人的目光。加入那些慢悠悠且东张西望的队列中，他有些奇怪。只因有生以来他第一次被那么多人偷偷地围观。他知道，这和身边这位时尚美丽的女孩儿有关。

他也知道，一些人会觉得他们根本不般配，也有人认为他捡了个大便宜。

也不过如此。后来他索性放宽了心，迎着一阵阵清冽的小风，适应了她添加的一点重量和温度。

“从没想过这样逛街。”

正当茶有些得意的时候，云彩竟冷不丁地说出了下面的话。

“其实我挽着你并不意味着什么，只是不想让你尴尬。约你来这里，也没有别的意思。就是来这里看看自己还有多远的路要走。”

茶仿佛被人一把摁到了水里。让他惊讶的不只是云彩那种冷漠的直截了当，还有她丝毫不被刚刚的话语牵累的温柔行为。她似乎把他挽得更紧了。

好在眼前的一扇落地窗分散了他的注意力。此时它在靠墙的射灯下闪着钻石般的光芒。透过落地窗，他看清了里面谈笑风生的一群人。他们好像永远只需要喝喝茶聊聊天，就可以轻松地拿下一个他可望而不可即的天价项目。看上去，落地窗里的他们就是玻璃罐子里的人。他是在极不情愿的情况下，被云彩一把带入了这个闪着光的玻璃罐子里。

“想喝什么？”

云彩看着那装饰得可爱至极的小果汁，以及宝石般剔透的小甜点，眼睛里闪着与之匹配的光彩。

茶无意瞥到了价格，高得有些离谱。可是，看着面前云彩眼里的光彩，他也就硬着头皮答应了。

“你决定吧。”

于是，云彩娴熟地点了单。看看菜谱的间隙，她又偷瞄茶一眼，那甜思蜜意就连服务员也会真以为他们是情侣呢。

茶又渐渐相信了他们间是试爱关系。也许之前的那些话，都是云彩在考验他吧。一盘盘精致的甜点干酪摆上桌面后，云彩提议为它们拍照。她几乎用了所有视角和滤镜，耐心地处理着每张图片。这一点自然可以理解，自拍几乎成了现代人餐前的某种祷告仪式。可是，茶怎么也想不到，云彩跟着了魔似的，只顾着手机里的世界，在随后的半小时里全然将他扔在一边。某一刻，她还将手机突然递过来。

“帮我拍几张吧。”

茶只好帮她拍。这一下几乎又把各种角度试了个遍。他这么卖力，云彩却连句“谢谢”也没说，就一把拿回了手机，处理了好一会儿，像是微信传给了另一个人。

茶有些不开心，也拿出了手机。照例打开微信后，他突然看到消声了好几个月的寝室群哔哔地多了好几条留言。是小茂发的，他明天从北京过来这边出差，想约茶和美人聪一起聚聚。

收到兄弟的邀约，茶突然间觉得宽慰。仿佛又看到了墙壁上贴着的那张摄于寝室里的老照片，仿佛又看到了隔铺的达野，他的鼾声是最大的，也是寝室里唯一辍学的。还有那个美人聪，桌上堆得化妆品和香水比女孩子的还多。他们的女人缘都不错，不同的是，达野是直男式强攻，美人聪是闺密式智取。而寝室长小茂则是个狮子座自恋又玻璃心的文艺青年。他喜欢写歌，没事就把身边的故事拉到自己的歌里，也从来都不忠于原著。

陷入回忆的茶本以为云彩还在，没想到她一把抢过了他的手机。

"让我看看，有什么好消息。"

只见手机在她指间像张扑克牌似的旋转了一下。她嘟着嘴，看了看信息，竟然径自回复了什么。

茶刚想伸手阻止她。云彩就率先开口说。"我就告诉他们可以啊，别的没发什么。"说完她就将手机还给了他。

看到她在上面的回复，茶更加不知所措了。

"没问题啊，我带我女友一起！"

（3）

云彩再一次没有让茶送她回去。茶选择一个人坐在树下，平复心情。怎么说呢，这一次见面他更看不懂云彩了。如果说，相约这么昂贵的地方吃晚茶算是她视金钱为粪土的反叛行为，那么，又该怎么理解她在自拍时不断摆出的炫耀表情呢？如果说，她只是想在生命中最后一段时光里找个傻傻的男孩儿解闷儿，那么又该怎么解释她急于在他生活圈子里得到认可呢？此时，他的朋友群炸了锅。他们都争睹他女友的芳容，有的还扔了红包。闹哄哄中，除了扔了几个尴尬的笑脸，茶也不知该回复什么。他起初想告诉小茂他们他俩相识的过程，因为小茂最理性，总爱帮人解答人生疑惑。可他又不知该从何说起。难道让他说，云彩本来寻死，被他刚巧撞见，结果他英雄救美的办法就是答应和她在一起一个月？！这么说他们能信吗？再说，既然已经决定明天见面，讲了实话会不会对云彩不好呢？至少她的内心是不稳定的，对外界的眼光会加倍在意。万一不对劲儿，又想着逃避人生了，那该怎么办呢？

他苦思冥想，多次拿起手机又放进兜里。直到一部洒水车旁若无人地慢慢地碾压过来。他才立刻跳转身子离开树下的长凳子！这是城市街头给那些心烦意乱或是意乱情迷者最最普遍的报复。

第二天晚上，他们相约在母校门口原来常去的一家馆子见面。这家馆子的辣白菜和腊肉绝了。因为口舌之欲绝对满足，每次酒足饭饱后，他们都会肆无忌惮地侃侃人生和爱情。仿佛没了这些人生的前提，心情就没了好的去处。小茂是第一个到的，美人聪一定是最晚的。他们都在等云彩。云彩说她自己过来，这倒让哥几个坐了会儿时光机。

“小茂，你原来就爱坐里面这个位置。旁边的女孩儿不知换了多少个！”

“美人聪，你也不是好坯子，你说，我约的女孩儿哪次不是后来跟你聊面膜去了？转脸又拉着我去逛街买单。”

“我都习惯了，哪一次不是我在旁边赔着笑哦！”

“茶茶同学，今天你反转了剧情！你看，我和美人聪都是孑然一身，反而陪你见妹子了。喂，那女孩儿好在哪儿？达野让我问你来着，她到底哪里征服你了！我的问题是，她征服你哪儿了？”

美人聪一脸坏笑。有时想想，作为兄弟的他们真是够呛。

“没有征服啦，其实我们也才……也才刚刚开始……交往吧。”

茶有点苦涩，兄弟们却直肠子地误解为他在害羞。

“有个问题啊，你不是说工作忙、生活圈子窄，根本没机会谈恋爱吗？”

小茂点了支烟，惹得美人聪一脸“嫌弃”。茶感觉自己真的回到了过去，放松了下来。

“是啊，这不是刚刚才开始吗？”

“不会是摇出来的缘分吧？”

“摇你大爷啊……我们是在轮渡上认识的！”

话一出口，茶都不敢相信自己睁眼说瞎话的能力这么强大。

对面两位竟然都信以为真了。

“船上面？聪，我大学那会儿怎么没在轮渡上有过艳遇呢？”

“我坐过一次，碰到过拍写真的。和那些推着自行车、提着菜篮子的嫂子大叔们，完全是两个世界的人。然后，你就要考虑哪边是真实哪边虚假的问题了。”

“是啊，这样的交通方式，在地铁开通后直接成了叫作城市印象的东西了。现在在上面闹腾的，文青反而越来越多！老了啊！”

小茂猛吸一口，似要把心底的陈年旧事都给献出来，赎回青春一样。

“哎哟，别总一副人生苦短的样子，你还年轻着呢！”

美人聪拍了拍自己抹得锃亮的白脸，又把话题扯回到云彩身上。

“所以，她也是个文青？茶，说实话，我不指望你是文青。可能是小茂一直明着，你呢，一直藏着，所以看不出来呀。”

“嗨，你们好！”

他们只顾嘻嘻哈哈，谁也没有注意到云彩的到来。回过神来，三位都看傻了。

云彩竟然剪了头发，穿着一身饰以铆钉的皮衣皮裤皮靴，一副机车男的造型。

她斜跨到椅子上，拿起一瓶撬开的啤酒喝了一口。

“这，这是云彩。云彩，这是美人聪和小茂，我的大学室友。”

大家有些震惊，都没敢轻易伸手问好。美人聪率先从那股劲头里缓过神来，他总感觉哪里有些不对劲。

“茶，大学那会儿如果知道你喜欢这种类型。我……我，也是无能为力啊！”

“呵呵……”

云彩发出的阴冷的笑让大家一下毛骨悚然了。

“好啦，见过弟妹了，”情商高的小茂忙打圆场，“大学我们几个最铁，所以说话直接了点儿，不要介意呀。好久不见了，茶带着你来一起聚会，真的很难得。来，干杯！”

话音未落，云彩就一口干了剩下的啤酒，然后咣当一声，把酒瓶撂到了桌子上。

“云彩，你怎么把头发剪了？”

茶有些不知所措，酒都没碰到嘴唇，就放下了杯子。

“受不了现在的娘炮啊，阴阳怪气的。女孩子不爷们儿起来，难道指望他们？”

她的目光随着重音狠狠地落到了美人聪的身上，弄得大家莫名其妙。美人聪怎么能忍受这种攻击？他起身就要离席，被小茂一把拉住了。

“喂，我说你，怎么这么说话啊。茶！你女人怎么回事啊？”

茶也跟着起身，他急得不知如何是好，怔怔地看着眼前脸憋得通红的美人聪。

“你跟我说的没错，果然是个娘炮。我今天也是长见识了！”

云彩根本没有退让的意思，这让小茂也气不打一处来。

“茶，你跟她都说了些什么啊？你怎么……”

“喂，你们别这样啊，云彩，其实我们……”

正当茶眼里和耳朵里一片混沌的时候，只听咣当一声，那空酒瓶子便从云彩手里飞了出去，同时划过了小茂和美人聪的脸边，在墙上摔个粉碎。

还没等两人回过神。云彩拎起包转身就走，扔下一句冷冰冰的话：“茶，你的朋友我不喜欢。就这样，走了！”

茶如在梦中，接下来，他看到美人聪也怏怏而去。留下小茂，愤怒不用说，更多的是埋怨：“你都跟你女人说了美人聪什么啊？没想到你是这样的人，背后说别人？”

“我没跟她说啊，我也不知道她为什么一过来就这样！”

茶有些委屈，也许此时他应该和小茂坦白他们的关系，再让小茂去告诉美人聪，这样兄弟还有得做！可是，他脑子里一团乱麻，而且深刻地笃定这么说此时再也不会被相信了。所以，他呆呆地坐着，熬干了小茂的耐心。小茂起身摇了摇头，吐了一口烟沫子。“你怎么连个女人都管不好呢？唉……”

（4）

又回到了空虚的时刻。每次空虚，茶就喜欢走夜路。和开始的时候一样，仿佛这是一种人生的别样模式。步行在灯光下，像一只昼伏夜出的猫。步子虽踏实，但还是感觉心事跟踩在屋檐边一般。云彩为什么这么做？想到大桥上被绝望冲淡的安静表情，他还是不会将云彩和任何有关邪念的东西联系到一起。也许她只是单纯不喜欢美人聪吧，而这个女孩儿又不善于隐藏自己内心的厌恶感。又或许她有着多重人格？那天大桥上的她碰巧是其中最容易绝望的个体，昨天遇见的是那个最喜爱社交的性感角色，而今天的她心直口快大大咧咧？他头痛欲裂，缓和了后，他拿起手机想给美人聪回条致歉的微信，才发现一小时前妈妈的一条短信。

“外公快不行了，速回来。”

这条信息让他突然间有些失重，同时，一种强烈的呕吐感让他几乎炸裂。所幸他抓住了路边的树枝。灯光跑到了上面，时间来到了裤裆底下。他控制着自己的眩晕感，突然想要召唤出所有人内心最真实的东西。最脆弱的才是最真实的。对吗，云彩？

“对啊。”

他以为是自己幻听了。没想到竟然真的拨通了云彩的电话。云彩也在抽泣着。

“我的外公快不行了，我要回去看他。他带我长大。我非常非常爱他。云彩，我不想让我爱的家乡带走我更爱的外公！”

“没事呢，有我在，我会陪你的。你知道吗？我最最痛恨被抛弃的感觉，特别是当私欲被满足后的扬长而去。因为，被抛弃的人总会想着那些陪伴左右的故事，最最痛心的也就是这些故事！”

“我想听听你的故事，云彩，你可以告诉我吗？”

茶把手机压得紧紧的，似乎制造这种压迫感就会更加贴近云彩的脆弱，贴近她脆弱的底线。可是，换来的是她逐渐平复的抽泣声和沉默，以及“我陪你回去”。

他们是搭乘第二天第一趟班车离开的。窗外飘过的城市似逐渐恢复元气的臂膀，大多数人正在醒来，睁开眼，天花板就在头顶，瑟缩在被子里继而感到满足和安全。还有那些光和反光，划过眼角，刺破眼睑，也让人心安。离家越来越近，树越来越多，人越来越少，速度降下来了很多。总会碰上几头犟脾气的牛挡在路边，百无聊赖地拒绝干活。总会碰上把自种的蔬菜放在树荫下兜售的农人，千万不要认为他们拿出杆秤就是在糊弄你，那只是在为自己付出的劳力做起码的告别。

坐在一旁的云彩静静地听着茶的童年回忆。今天的他真的很兴奋，好像暂时忘记了昨天的那些不愉快。他告诉云彩小时候外公总给他用纸折飞机玩，他也会替老人收集那些奇奇怪怪的纸盒子。外公是镇里歌舞团的退休老干部，虽一板一眼，骨子里却留着艺术的血脉。他爱钢琴，也会当着众人唱腔式地朗诵一段高尔基的《海燕》。他会跟茶讲很多当年的故事，说他年轻那会儿在战士歌舞团里还为外宾演奏过柴可夫斯基的第一钢琴协奏曲呢。随后外婆就会心照不宣地取出他们偷偷保存下来的照片，留给外公一张张去讲解。虽然重复看了好多遍，茶却一点儿也不觉得腻烦，反倒有种岁月静好的温润感。

云彩可能想到了雪原的故事，想到了蔚蓝天空中的几片白色云朵的故事。她看了看茶，他越来越活跃，思路越来越清晰。这已不是大桥上的他了，那时的他徘徊在沮丧和失意间，像一枚费力卡在桥上的别针。他努力地维系着自己盘旋在城市上空的尊严，属于家乡土壤的肉体和神经的尊严。那颗被塑造出的敏感正直的灵魂，一旦遇到都市的繁荣和乌烟瘴气，会在他的头脑里制造出仿佛永无休止的争吵。如今那种似要翻滚在地上的单纯快乐也感召着她，那是积木没有出走时她常能从它身上获得的快乐和力量。当然，此时的茶并不是积木，他不会撒娇与迎合。他会怀疑这个世界，怀疑她的做法，也想要扮演一个末日英雄！她一直想看看他会在这一个月里怎么扮演好这个英雄。可是这才过去一周，他就希望她陪他去内心最脆弱的地方，所以云彩怎么会不成为那个最温柔细腻的自己呢？

她在聆听他的讲述，似要掌握他内心的每一枚钥匙。然后，便可以打开他内心的一扇扇门。或看到窗明几净的客房，或是一眼可以望向很远处的窗台风景。她想着，成为他的亲人该是一件多么愉快的事。

可是，他们仍然没有赶到。他的所有心事似乎都可以轻易从门卫大爷的眼睛里读到。门卫大爷先是有些讶异、略带警惕，在看出是茶以后，那目光变得柔和了好多，又有着一丝遗憾的意味。

“他们都在楼上了。”

大爷指了指院子里不远处的一片桦树林子。茶小时候常坐在桦树下面看人下棋，而外公就在桦树林后三楼的窗台上微笑地看着他，到饭点儿了，就学猫头鹰叫招呼他回来吃饭。

“树已经长得这么茂密了。原来还能透过去看到外公家的阳台。”

茶就感叹了这么一句，便再也没有出声。

云彩知道他内心难受，有时难受什么的被世人定义得太过简单。它绝不是穿件单衣应付了事的情感。这情感复杂、恢宏，如北欧神话中的巨人洛基般变换形态。变换形态都是它在虚张声势，一旦发现了脆弱，它又如猛虎捕食般死死地咬住不放，烙下终生疮疤……

云彩忽然有种心疼他的感觉。当她看到他家人们的质疑和掩藏在平静外表下的内心波动，当她看到他外公的遗像静静地被雏菊和沾着晨露的嫩叶围在古旧的供桌上，当她看到老人们费力地爬楼敬香，难过得皱纹抽动时，都会握一下茶的手。这像是一种密文电码，其中包含了两个人的同病相怜。想想看，如果连最亲近的人都没见，你会忧伤吗？云彩就没见她爸爸最后一面，妈妈说他出国了，永远不会回来了。

傍晚，吊唁的人少了。茶的心情稍微缓和了些，他从床底拉了两张小凳子，摆到了阳台上。那时，暑气未消，余晖将更远处的小城天空染成绛色。桦树林子阻挡了正前方昼夜施工的楼盘，围成的这方天地特别符合记忆里的童年剪影。

“跟你说个好玩的事，小时候，就在这个窗台上，外婆总是抱我看月亮。你知道我第一次看到圆月是什么反应吗？我说‘姥姥，月亮像个大烧饼’。”

茶有些不好意思，云彩躲在树荫里笑了。她索性看了一眼被落日弄得像裹上软糖般的桦树叶子，不知不觉间，她也回到那最轻盈的光景。她和厂里的小伙伴们玩皮筋、跳房子，一直玩到黄昏时分，所有人都被家人领走了，只有她一个人挤着眉毛看着空落落的砂石路。路边碰巧也有一棵裹了层糖糊糊的树。

“有没有想过，某一天，如果你突然去十年后，你会做些什么？”

云彩的目光回到了茶的身上，他年轻却精力不支。

“会问路，你呢？”

“会想知道自己在这十年都失去了什么！记忆的丢失会让人生不完整。所以，光到一个你理想的结果而不去经历过程的人生，不存在。所以，我才会用力地经历，调动自己所有可能体验这个世界的感官，去制造感受和记忆。”

云彩像是解答，又像是自问自答。茶不禁又想到了大桥上的际遇。他们的约定倏忽而逝，来到了这样一个具有浪漫属性的时刻。而中间发生的那些事情，推动着他们在彼此心中生成那段属于对方的记忆。他突然很想问她，她之所以那么做，是让他也如她般感受到过程的艰辛和记忆的猛烈吗？

“你了解我吗？生活是流动的，我们最难做的就是把自己固定在一张凳子上。”

云彩说着起身，继续将目光投向逐渐降下的夜空里。好像有人在这世界的一角别有用心地拉上了帷幔，自此，一些心事也再不愿于此刻透露了。

他们就这样沉浸在时间的深潭，外面是风是雨，是星星还是月亮，好像都与他们无关。可是这些内容又都在他们的谈论中。云彩告诉他，如果她能够和一只在天台上走失的叫积木的猫重新相遇，如果她能够嫁给天空最美的那一团云朵，如果她能够摸到爸爸的脸，看清他脸上的每一缕灰尘，她就会听听茶内心此时最浪漫的想法。茶没告诉她，不过，他一直在想，如果他们没在桥上相遇，那晚的城市之光会不会就丧失了光彩呢？

“和你在一起，是距离我最遥远的一件事。”

摄影 / 杨龙
模特 / 王希翀

有别于故事的故事系列之

重力危险

（1）

无论我们怎样努力争取，命运都是一副理所应当的样子。我也不知道自己为什么会这么认为。我大概是从小学毕业那年开始有了一个狭隘的关于命运慷慨的概念，初中以后，我就开始像搭积木一样随意拆卸这个概念，直到高三那年，一切——这个“一切”是关于努力争取后徒劳无功的反复诘问——都让我无法虚心接受它的强势。就像极其偶然地滴到这个星球头顶的水滴，再轻飘，也会被重力一把揽过去。所以，我站得很稳当，可以躺在席梦思上做梦，梦到自己在航天飞船上飘浮。所以，我可以仰着头喝水，而不是咬着吸管，将压力水壶扣在胸前。我也可以从这栋楼爬下来，去另一栋大厦办事，电梯运动太快（当然不是指那些液压电梯），弄得我耳朵胀痛。然后，耳朵重新被这个星球的惊天伟力控制在脑袋上，我便快乐地启程朝家走去。我的快乐和重力没有半毛钱关系，我想，人类在表达所有情感的时候都不会扯上重力吧，为这重力，我们会悲伤吗？还是会增添一点儿喜庆？这些应该是哲学家们和极限运动者们去想的，前者惯于追根溯源，后者乐于同时开发自我和自然力的野性。

我继续走着，感受到阿迪鞋新气垫的缓冲力——公司更乐于将巨资用在广告代言而不是产品开发上。同时，我也感受到地面的各种性格，沥青、石板、泥土，在人脚的磕磕碰碰下被磨损，产生裂痕，女人怕把高跟捅进带有拼花图案的石板坑里，也会很小心地让自己的鞋跟不卡在排水盖里。讲究的人会择路而行，他们不喜欢走土路，很少走通向菜场和布满小餐馆的街道。我们总认为这些性格的地面考验我们的耐力和性情：100 米的路程，换作不同的路面，会使人的身心获得各种结果。假如抹掉引力，我们是不是也就丧失了对于任何结果的解释权呢？这让我想到自己高中做过的那些经典力学题。人产生一个“往哪儿走”的念头，他的肌体产生的力、摩擦力和引力配合实现了这个念头，而最终承担行为意义的只有最初的这个念头，引力的影响却被一笔勾销了。

除此之外，我周围的世界都因为这股奇异的力量牢固存在着。一片刚刚经历拆迁的空地，裸露扭曲的钢筋在阳光下闪耀，齐腰被扳倒的平房只剩下一段墙根。往原先农贸市场方向去的一片空地上，几个工人在那里佝偻着吸烟，小憩以后，他们会继续往农贸市场那边扒，往持大锤子的手心啐唾沫，或者驾驶着 Hitachi 的大家伙，震断整座厂房的石梁。农贸市场背后是一片高密度住宅小区，一座座居民楼沿着外围的一条巷道延伸分布。我喜欢走那条巷道，高楼下，它显得很宁静。我会看到几棵撒下余凉的槐树，一排从不舍得关门的小铺子，和铺前那些从来都板着脸的猫和狗。隔着人行道和机动车道的是一根用来晾衣被的废电线，还有一个个难看的石头墩子，会有擦皮鞋的妇女用它垫顾客的脚，也常有不如意的人一屁股坐在上面发牢骚。所以，因为引力，我们生活着！我常年都会路过这条巷道，低着头走，很少抬头看头顶的居民楼。它们有点像经过抛光的利乐包，远远看去，桶状的水塔就像是插入包装的一根吸管，午后它会阻挡光线，真叫人沮丧。

这个午后，和平常一样，我从天信大厦的 40 层下来，只花了不到半分钟，你相信吗？这速度自然比不过自由落体，但你是不会担心引力的谋杀能力的。蒂森克虏伯电梯的安全系统实在太让人放心了。有时候，人们之所以不能接受死亡，是因为根本没有把死亡放在心上。比如，出入这座电梯的时候，我就一个劲儿想着出电梯以后的事，我心算着楼层，有点焦急而兴奋地等着一件有可能实现的大事——这是一件我生活中了不起的事。临近它的时候，怎么可能去想死呢？果然，事实证明我也不用瞎操这份心。出了电梯，我见了电影导演，介绍人也在那儿。我们就在那两张沙发上把事情谈妥了：年纪轻轻的我终于凭着关系和一己努力，获得一次演唱电影主题歌的机会！

再度挤进电梯，我都抑制不住兴奋。逃离了一张张面不改色的脸的审视，我掏出手机，想拨妈妈的电话，记起了电梯里没有信号，只好等那理论上的半分钟时间过去。加上中途停落了三次，上下四五个人花费的时间，我的大脑有大把工夫顺着这件事去旋转整整 360 度：想到自己终于不用接受父母的生活安排，又忘记去想自己成名之后的生活状态；想到导演的抬爱和这部电影的商业价值，又忽略了自己早就在内心打好腹稿的主题歌曲——怎么有心思再去考虑死呢？电梯门开了，老天爷准我走了。这时，我就可以急不可耐地拨电话，给妈妈，给那些崇拜者，我甚至想给所有路边的乞丐掏零钱！

“喂，妈妈，我跟你说，你儿子被选中了啊。我就说可以，我说过多少次了！你们不信也得信，我自己是可以成功的，不走你们的老路，我也可以成功！等我回来说吧！”

语文老师教我们用来形容内心快乐的一句套话是“高兴得飘到了天上”。这句古老陈旧的套话，真是令创造力再强的人也绝望的至理名言！它虽然已被滥用了，却还是那么一针见血。不害臊地说，我要飘到天上了。我轻快地走着，我低估了引力的危险，我掠过那一张张脸，在缠绕着人们的平庸面前灵巧地转过身子。他们都是高危人群呀，引力和生活让他们步履沉重……我穿过那片废墟，路过已经被清空的农贸市场，借着一块儿废石跳到了半空中，开心得有点上气不接下气。走过那条巷道，就是我住的院子我可没想过要在一堆人前停下那畅快的脚步——可能是在拖延自己兴奋的时值，我停下来了。面前那堆人交头接耳，脸上挂着对生活重燃兴致的热情。我随着他们的视线一同往上看，午后的一整块阴影笼罩着地面，装进居民楼里像是被吸干了的果汁一样，一层层暗褐色的堆砌，且新且旧，极难辨识，有点败兴或者残愿未了的感觉。我看出了什么端倪，头脑和视线几乎同时装进了“跳楼”两个字。

那是一个勇敢的身影，云淡风轻，像是挂在烟头儿上的一抹烟尘。远远看过去，就定心丸那么大小，却固执地牵引着底下所有人的目光。此时，她的双腿悬空坐在窗沿上，像一个有点调皮的小孩。我的心跳渐渐平静。低头躲开折射过来的光线时，瞥到了几个消防队员，他们穿的橙色套装在叽叽喳喳的人群中很显眼，这让我想起了《雪国》里的火灾现场，脑袋里窜出那美人儿从浓烟烈火的天台跳下时的情景。川端写得美极了，可是那淡雅的笔触绝不适合现在。在场的人，有那么份闲情却没有那种韵致。关切事态发展的人，渐渐凑到了一处，有点躲开那些初来乍到者的意思，可能是后来者反复诘问让他们腻烦了。有点说服力的人打住了话头，比正同生命斡旋的谈判家更像谈判家。他们在长吁短叹的时候，又好像比打算轻生的当事人更像当事人。他们说，这人住在他或她们的楼上或楼下，是个学生，被包养了或是被误解了，怀上孩子没人管了或是东窗事发被告了，作奸犯科被捉了或是糊里糊涂给骗了，总之是被生活坑了，觉着活着没什么意思了……说来说去，更像是盼着人家死，盼着人家跳下来，被大地猛地吸过去，然后溅起一片意想中的血泪和惊呼。

这些话听得我有点懵，刚才的乐呵如今变成了一股审美的情绪——难道自己进入了某种艺术境界？《雪国》里那份捏造的华丽殒命刚刚放下，这边又拾起了《转吧，这伟大的世界》里在世贸大厦间走钢丝者的画面，这才是引得人们放下所有重要不重要的事情和思考，一齐欣赏惊呼的行为艺术啊！想到这里，我的目光又捏住了楼上的那点儿烟尘，她还是悬空坐着，时不时左顾右盼，应该在听亲人或是谈判家劝说什么？门总归是反锁了，若想破门而入还得费点儿工夫，这使她没有后顾之忧。因为距离，我看不到他的表情，只听人说过，人跳下的瞬间，是会笑的，也许觉着是一种解脱吧。

消防队员在给气垫充气，很多人伸出手机，更有人喊着粗话，算是对楼上差劲表现的抱怨。我却站在原地，如果说抬头仰视 45 度勉强称作浪漫，那么做半个钟头的 75 度仰视试试？除了可以围绕着这个角度出无数道几何题，剩下的只有更让人酸痛的酸痛。我突然感到她不会跳下来了，和我在电梯里想的截然不同，她是想死的。一心想被引力谋杀的人，是想不了死后的事的，除非她退回屋里，至少还能稳稳地站着从头来过。

人群窸窣了一下，都闭嘴了，抬头。只见那人收起了一只脚，另一只也缓缓地收回。“不跳了！”不知谁刚扔出这句话，那段烟尘就蹬腿朝半空飘出。“啊……”她朝空中斜插过去的角度，随即被我们可怕的敌人——引力，吞噬了。它把她往下拽，没有力去支援她、平衡她、依托她。像比萨斜塔上扔下的钢球。气垫的气那个时候只充了一半。从十几层楼重重拍到地上的时候，那个刚刚成形的肉体随即被打散，血腥和灰尘四溅，磕在踮脚石上的脑袋裂成两瓣，瓜瓤般的半个脑壳滚到了一个老头的脚边，使他发出了这辈子都不敢想象的女人般的尖唳！

好像是有谁重新旋动了音量，闷不作声的人群爆发了集体的厌恶，这和他们料想的最差结局应该差不了多少，却过于震惊、残酷，真实到让人脊背发凉，让人在目睹了这一场干净利落的亵渎行径之后，连向主乞求宽恕的勇气都没有了。我想，这一幕更符合麦克尤恩的叙事风格，冷酷直观，用开裂的板斧生生劈开被冰冻的事实。《爱无可忍》的主人公约翰·洛根拼死拽住气球绳子，这一幕远远看去，好像只会发生在那些荒唐冒失的卡通人物身上。可惜，现实是他从英格兰的奇特恩斯山区的半空中坠落，走近他的尸体，你看到“那张脸给我留下的印象，就像是一幅极具毕加索风格、强烈颠覆透视法图景”的画。

这是我无法预料的一个比喻，我的脑袋里究竟装着多少油墨？我怎么会在倒霉地瞥见一块新鲜出炉的尸体后掉起书袋来了呢？可能是我那股兴奋劲还没过，对，差点忘了我刚才因为什么事还在兴奋着呢！怎么能忘了呢？主题歌的事，经过近百个昼夜焦灼的等待，一个钟头前总算板上钉钉了。新生活眼看就要开始，我想，我是因为这点才兴奋的，并不是逮到个机会这么简单。一直以来，我都努力地在父母面前证实自己。在别人眼中，他们给了我一个优越的生活环境，除了照料我的饮食起居，就是为我的人生“涂涂改改”。他们在饭桌上为我铺开一幅幅已被规划好的生涯设计图，告诉我怎样生活算波澜不惊。“你要生活，生活和理想在这里是不搭界的。”他们告诉我：“现在我们还能帮助你，利用我们的能力、关系、积攒的运气，我们可以给你一个生活的保障，当个大学老师，有门技艺，又能生活，夫复何求？”我想要我自己的生活。这个问题靠争论是解决不了的，所以我才想要去抓紧时间成长，去自我催肥。时间对我们这一代年轻人根本不够用，我们总想在短暂的时间里去证明给上一代看。不过，究竟还是太嫩，败下阵来——我对他们承诺过，如果这回没谈妥，我想我会暂且断了创业的这个念头。等以后成了老师，在条件允许的情况下，再来一次吧！不过，我是幸运的。说了这么多，应该没人再怀疑机遇对我的重要性和我的时来运转了吧！

我的脑袋飞转，眼睛却一刻也没有从事件现场离开。人群开始垂头丧气地自行散去，讨论最多还会持续几个月：这种小规模的讨论，大抵在麻将桌上伴随着和牌的惊呼，也就戛然而止。可是，这样看来，老天有点偏袒我的意思。我突然觉着自己的幸运牺牲了她的幸运。这个想法使我吃了一惊，往后又想了想，她以这种方式告别人世，有点不满于生活寂寞的意思。在公众的头顶上朝重力致敬，又像是在公开宣扬某种理念：无甚期待地活着，还不如去死——这点符合众人的说法。话虽如此，我却不明白，是哪股力量就此让她对生活不再报以任何希望的呢？是引力吗？或者更危险？

（2）

那人落地的声音，乐老师是绝对听不见的。因为他在教一个生得浑圆的胖男孩儿练声，男孩儿好像还没有掌握正确的发声技巧，演唱的时候扯着脖子，两只手紧紧地捏住裤缝儿。对这些没有天赋却一意孤行报考音乐学院的孩子们来说，乐老师很诚实，至少混在一些轻飘飘的伪善中是扎实的。

“怎么说呢，我觉得问题的关键不在是不是名师教。我知道你们千里迢迢跑过来不容易，但是，我不知道你们为什么偏偏要他学唱歌？因为，他实在是没这个天赋，很多东西需要后天培养，但是，不是每个人都有这个先天条件的。说实话，你儿子唱歌跟杀鸡没什么两样。”乐老师趁这孩子中途出门小解的空儿，跟他妈妈说了一大通。她面前的这个女人也正苦心孤诣地为她的儿子谋路，个中滋味乐老师本人是再理解不过的。作为一名还算成功的母亲，她也经历过那一个个时兴的心态，比如“望子成龙”“揠苗助长”“顺其自然”……

“这么说吧，教授，我的孩子文化课成绩不理想，除了艺考以外，我和他爸爸也没辙了。”

家长的后半句话让乐老师有点恼怒，学艺术难道是退而求其次的选择？她们那个年代的艺术生，可都是大浪淘沙后的金子。再加上本身对于艺术的热爱，使她经过多年的工作后染上了对演唱乃至教学吹毛求疵的习性。她很留意那些好苗子，从招考进她的师门到最终输送进社会，她会毫无保留地将她多年的从艺经验传授，包括她那雷厉风行的工作风格和湖南伢热辣的个性。但，近年来，她渐渐感到教学的困乏——除开那件事，可能是因为她从太多家长和学生嘴里听到了类似那后半句的话。单是因为艺考文化分数线低，人们就趋之若鹜地搞起了艺术教育投资，这有点像甩卖压仓商品。买卖发生时，市场是繁荣了，买卖双方却都有点自轻自贱的意思，因为，艺术本身被贬值了。

乐老师送走了那家人。孩子快咬干净半截儿手指了，他终究还是一个孩子。迫于压力，他来了，上课了，又走了。临走前，乐老师拒收了他妈妈的课时费。这年头不再是物以稀为贵，相反，什么东西你都不觉得稀罕。

她去厨房接了杯水，盯着玻璃盖口那逐渐凝结又匆匆滑落的水珠子，逐渐等着早先那股乏力爬满全身。有一会儿她想起了自己忘记关上的琴盖，放下了茶杯，仅此而已，再没有多余的动作。住过十年的房间里，是不会存在于世界边缘的。只消简单的几个动作，她就可以周而复始地陪伴——陪伴我们所谓“生活”的那个客人：琴房在大厅里侧的拐角，一进门左边靠着一架珠江钢琴，右边靠墙竖着一排书柜，里面展示着工艺品、照片，也积压着各种乐谱还有CD。因为潮湿，房间的一截地板有点翘起。也是因为潮湿，钢琴上面的墙壁裂了一道缝……她的生活也可以像这样在头脑里进行，她是一对正负极，可以忙到忘乎所以，也可以让时间停摆。

还是不情愿动弹，直到一阵响铃将她叫起。那是巴赫的《歌德堡变奏曲》，儿子帮她刚换的手机铃声。马上，另一个她回到了她的房间，起先她的步子有点被搅乱，但是，终于和另一个她的步调一致了。她们一起朝琴房走去。抓起谱架上的手机，她心跳得厉害，可能是这个《歌德堡变奏曲》太时兴了。

“乐老师，我是李慕，您前几天跟我说的那件事，我想了很久。还是跟您说说吧，其实和她同住的那段时间，我有些东西也不见了。我怀疑是……”

这番话又把乐老师拉回到一周前，也是这个房间，事情就这样呼啦啦地从箱子里倒了出来。那的确是一件让人不愉快的事，也再次磨去了她对于教育事业的一点即燃的乐趣。从那时起，她好像已经习惯了探究和质询。

一周前，她发现放在客厅壁橱里刚拆开的Lancome精华液不见了，这个小黑瓶是他们全家上次去香港自助游的时候买的。可以确定的是，那天早上，她还用过它。对着镜子，她用蘸了乳液的手指故意挤压脸上的褶皱。和广告里的不一样，她是一个正在丧失皮肤弹性的美人，她的脸或许急需精华液的滋润，我们看到的那些水分子，正毫发无伤地浸入她的表层肌肤，然后，通过毛细血管和细腻的毛孔带走那些容易让容颜衰老的色素、毒素、坏组织。这个物理作用会不会像电视里面呈现的那样如实发生在皮肤下？我们看不到，人们不都习惯于眼见为实吗？可是，我们看不到精华液是如何对抗衰老的，也想不出乐老师为什么会为一场肉眼看不到的微观战争买单。所以，她仅仅只是做一个到了年龄的女人该做的事，用尽量好的商品给自己一个尽量年轻的心态罢了，然而，它却在那天中午乐老师想起要用的时候，不见了。

整个上午，乐老师都在琴房上课，期间，她去开过三次门，每次都是让学生在门外等着。听儿子说，他大约在10点半左右替她开过一次门，然后匆匆回屋了。这便有一个学生在大厅等，10点45分，那个学生才进房上课。15分钟时间对小偷来说足够了。这并非一个用心险恶的推理，因为偷窃发生的时段，除开家里人，只有那一个外人在大厅徘徊过。那个叫丽萍的考研生。乐老师起初不太相信，考虑到她寄过来的那封让人动容的电子邮件，考虑到她小小的身材、质朴的脸蛋、出色的辩才，关键是她的嗓音条件确实不错——随后，乐老师还是给丽萍去了个电话。电话里她没兜任何弯子，开门见山就一句:“乐老师知道是你拿的，居然拿到老师家来了！”

正当那边陷入沉默的时候。乐老师不依不饶，说:“丽萍，乐老师一直都很看好你的。你这么做太让老师失望了！这样，我也不问你拿的原因，如果是你做的，我希望你尽早还给我。我不希望这件事闹到招生办去！”

电话那边的丽萍终于忍不住了，爆发出的挂着哭腔的声音有点好笑:“乐老师，我错了！我错了！我真的不该……不该……可能是自己太喜欢了……一时没忍住……请您千万别……我下午就还给您！”

嘎吱——乐老师心底的那道窗户开了，说的话也刺亮刺亮的:“丽萍，我都不知道该说什么了，偷东西偷到老师家里来了！难道你没有考虑到后果吗？你把乐老师当成傻子吗？”

乐老师的手机听筒里瞬间涨满了哭声，但是，哭声的间隙，只听见丽萍始终牢牢咬着一句话:“求……您再……给我……一次机会……别告诉……招办！”

“好！不过我要你赶紧还给我！你给我好好想想！居然还有你这样忘恩负义的人！”

乐老师挂断了电话，她觉得这一仗干得漂亮，那份轻松并不是因为精华液的失而复得，也不是来自于这个乏善可陈的推理故事，而是，她又体会了一场人间游戏，游戏的过程中，她很难像现在这样大呼一口恶气。太多小敲小打的牵绊，使她不得不去选择接受那些不情之请，要么赶鸭子上架，要么轰走那些偷师学艺的小麻雀，要么，她就得在野窝子里找那颗凤凰蛋。难！真是难于上青天。丽萍让这场人间游戏变得更绝了，是她把自己伪装得太过分？还是她当时真的一时犯晕乎？乐老师懒得去给那孩子找出路，她经历太多，也害怕回忆。

下午两点左右，门铃像是响了，只听见儿子在客厅喊了一声“妈，你的精华液”，乐老师缓缓起身，她儿子则拿着小黑瓶子过来，说“开门的时候，没见到人，这个瓶子放到门口了，估计是你学生没脸见你了。对了，还有这个”，说着，他递过来一张字条，上面写得很清楚:“老师，对不起，求您再给我一次机会，别告诉招办。”

丽萍这孩子其实也不容易，可是，她究竟还是栽倒在自己的生活习惯上，还是虚荣心上呢？乐老师开始的时候会想一想这件事，还在某一天晚上找到丽萍一年前发来的那封电子邮件。邮件很长，从字里行间很容易就看出它源自一颗敏感而好强的心。她视一位同样出身农民家庭的歌唱家为偶像，她坚持晨唱，相信天赋，那自信来自家乡的山、水，还有家乡的灵气……这使乐老师又想到了学生迟喻晓，此时，她会怪人类的联想能力，怪它没有同情心，总让那些不可抗拒的想念、回忆再度轻易抠掉灵魂早已弥合的疮疤。所以，她没有继续往下想。她害怕迁怒于人，就让整件事自行消解于昼夜反复的生活里吧。

可是，李慕的电话让乐老师再也坐不住了。和丽萍不一样，她是典型的科班出身，本科四年又一直是乐老师的学生，毕业以后打算直接工作，因为户口在本地，家庭环境还不错，找份稳定的文职工作对她来说基本不成问题。一年前，还是乐老师把丽萍介绍给她认识的，那会儿，因为声乐系住宿楼改建，李慕要搬去学校附近租房。也正是乐老师当初建议她和丽萍合租，帮帮那个丫头的。小黑瓶的事一发生，乐老师就憋不住告诉李慕了。谁想到，几天后，李慕这样回了一通，无疑让事态变得更严重，乐老师抓着电话，陷入无可争辩的情感困境中。李慕经过“深思熟虑”的一席话之所以显现出极强的说服力。是因为学生长期的包庇，是因为一直以来的怀疑对象被老师逮个正着，乐老师吃惊又自责，这些都比不过此时内心成倍增加的愤怒！刚挂断了李慕的电话，她就握着手机翻找招办的电话号码。最迟不过从 15 层坠地的那几秒钟，她就拨通了电话，跟招办坐班的老李，把那股子怒火吐了个干净。

“你们一定要严肃处理，按章办事！这件事情节严重，招进学校来，后果我都不敢去想！”

“我去跟主任说，您放心，应该会被除名，而且要全院通告的！”

乐老师挂掉电话的时候，心跟手还抖个不停，当她想去平静自己的时候，门铃响了，她要起身去看看，是自己的孩子，还是别人的孩子？

（3）

尊敬的乐教授，您好：

抱歉用这种方式打扰您，我是一个普普通通的专科生，我叫翟丽萍，父母都是湖北省恩施市鹤峰县的普通农民，我的生活很简单，贫穷但开心。有一次，在看中央一套的“艺术人生”栏目的时候，我知道了廖昌永老师，他的歌声很动人，不夸张、不做作。后来，我知道了他的声音最初也是大山的，他是成都郫县人，看着电视里他家乡的影像，我觉得这就是我的家，山、水、栈桥、岭子，外人眼里的险、穷，在我眼里却都沾了光泽。访谈里说，就是从这个小县城，在我出生那年他只身一人带着100多元钱、几本破书，还有希望和追求，到上海音乐学院拜师学艺。从他的话里我知道艺海无涯的艰辛。

也许山里的孩子天生就喜欢喊两嗓子，我爸爸的嗓子是年轻那会儿练的，那时，他在县城里回收废旧电器。为了引起人家的注意，他总是边骑着三轮板车边吆喝。他说吆喝是门艺术，声音也得和超载的三轮一样弯里来弯里去。不过，他说的吆喝“调调”只有这么反反复复两句。回村工作后，他甚至喜欢上了民歌，坚持每个清晨练歌。在一个清晨他把我带去了村子西边的山上，那座山很荒，溪流环绕，远远看去像把油漆桶里的毛刷子。爸爸只管把我一个劲儿往上拉，眼里说不清藏着什么期待。天光光亮的时候，我们到了，是不是山顶不确定，眼前却一片开阔。我看到，离我越近的山越大，远一点儿就成了岭子，再远一点儿的就缩成石块。朝雾很重，它使透出的霞光也略带潮气。我听见了蟋蟀的叫声，斑鸠、山雀的叫声，溪流也在自鸣，风也在唱，还有山。所有的声音又像是在共同想象着一种更深远的歌声——爸爸的歌声。它不悦耳，不扎实，却怎么都像是那个清晨的延续，唱到《盘解歌》和《柑子树》的时候，他招呼我和他一起唱，我也就像歌词里的干妹儿一样红着脸唱起来。"……柑子成树树成林，干姊干妹长成人。柑子结果姐出门，干姊干妹两离分……"他一直说我继承了他的嗓门儿，平常不好意思唱，有他在这天地跟前带着，我就只管大放歌喉了。最后，我们唱了《龙船调》，爸爸夸我比宋祖英的声音亮，我看到远处的山活了！

后来，爸爸让我去找老师学，县里中学的支教老师从武汉来的，学过音乐，课余时教了我一段时间。他说我在唱歌的时候很真诚，声音也没有什么天生缺陷，可能的话可以试试闯闯演艺这条路。爸爸支持我去努力，妈妈考虑了家里的条件却撇了嘴。他们还得供我弟弟上学，我也不得不在生活里继续磕碰。我需要帮他们承担，就算爸爸坚持每周都拉我去山上晨唱，我还是要帮家里考虑。我本来读完高中就回家务农的，那一年却因为考试成绩优异，加上土家族的惠免政策，意外考上了恩施市里的职业技术学校人文科学系。我始终坚持晨唱，我参加了学校的艺术团。因为嗓子亮，三年级的时候被选上领唱，我也经常在学校的文艺活动里唱歌，清唱爸爸教我的那些山歌。毕业以后，我在村党支部里负责宣传工作，以为跟着爸爸唱给大山听就够了，可是，当我看到廖老师的访谈时，终于等不了了。我内心的声音教我不要再回避自己最最渴望的东西。我渴望像廖老师那样，去追求我的理想，把我的歌声变得更美好！

乐教授，我深知自己是个白丁，除了自己的嗓子和坚持，也没有任何其他的。我记得，一次市里文艺队下乡的时候，我有机会和一位音乐学院的优秀学生同台演唱，她叫迟喻晓。演完了以后，她问我有没有经过专业训练，我跟她说明了我的情况，她当时有点吃惊，觉得如果我能专业学习几年，也许会有更大的舞台。后来，她说她是您的学生，也介绍了您是民族歌曲教育的专家，是一位她非常敬重的学养德行兼备的大师。她说，如果我能拜在您门下，一定会有所建树！临走的时候，她给我留了您的联系方式，我想，在与您通话之前，用这样一种方式去表达我和演唱的缘分和我的那份渴望是恰当的。如果有幸在您的指点下唱歌，这封信，也将是我最最完整和真诚的提前表露了！

在期待和晨歌中，静候您的回信！

翟丽萍

2009 年 3 月 3 日

（4）

门被打开的时候，我有些语无伦次。我头脑不乱，也很理性，却在此前感到人的理智和情感总是被外面的事开发和引诱着：那些我耳闻目睹、令我心醉神迷乃至振聋发聩的事件，那些悬而未决、摇摇欲坠的疑惑。门留了一条缝，倒像是被风吹开的。妈妈确定门口的是我，我没有危险，从相对力学上来说，没有危险的人应该不会被外界所威胁吧？有公害的人，重力是不会放过她的。

屋里只有她一个人，一会儿絮絮叨叨、一会儿沉默寡言，除了爱岗敬业，没有特别的期待。这就是我的妈妈，她希望我平安，成为一个拥有稳定制衡的社交圈子和生活掌故的有产者，只因为她是一位名声在外、心会无端孤独的人。有时候，还让人捉摸不定，因为爱憎足够分明而肝火旺盛。在确定她有时间听后，我琢磨着该和她先讲哪件事呢？我是这样处理的。

“老妈，你儿子小茂的事已经没问题了！那边导演、制片人都认为我的声音很适合。被你们遗传了嘛。不过，刚刚路上，看到有人跳楼了！”

妈妈放下了手中的《瑞丽》杂志，像是被一张血盆大口吐出来一样，从沙发里挣起身子。“谁啊？”

“我要认识，她就不会跳了。一女的，别的我就不知道了。”我有点气恼，因为那件值得我兴奋的事居然被她轻易放过。

“你都看到什么了？”

“我能看到什么啊？跳楼呗！”我悬空的手也跟着扑通落了下来。

感觉到她有点诧异，像是脑袋里刚搭起来的一个回忆格子，瞬间就垮了。

“死了吗？”

“死了，死了，那么高摔下来，人都散了……你怎么就不关心关心我那事啊！”我有点沉不住气，把沙发上叠好的换洗衣服撂到了一边，坐了下来。

“你的事办成了不就行了，不是不让我们过问吗？”

她有气无力地起身，目光寻找晾在窗外的被单。我刚想追一句，只听外面噼里啪啦响起了一阵鞭炮声。我的愤怒也随它直奔窗外，“这个时候放什么鞭炮啊……”

转脸过来，她已经去窗户那边收被子了。我直奔窗外的怒火被她的背影挡住，并被一句话最终制伏，“没看到那边的花圈吗？一个老教授去世了……”

红白“喜事”，这是快快乐乐地给人送行的喜事。人更像是霞蔚里投来的一束光在充满扭曲镜面的大地迷宫上东奔西突，在若干年以后，终于碰到了能把它重新弹回空中的那一面镜子。不能说那些花更多时间回归的人是运气不好，也不怨那些不费吹灰之力就找到出路的人悟性有多么高——都没差别。只要想想，你还会从很多这样的地方来和去，一来一去又都是自由的，你还会悲伤吗？所以，我们认为来去都是喜事，用的是闹洞房、过大年才会点燃且浪掷道旁的鞭炮。左邻右舍没有不知道的，这样的人类缺陷也许就像人类的罪恶一样罄竹难书吧！

我的脑中想到了几位院子里经常碰见的长者，有一位老头每天坐在警卫室闲聊，把喝完的茶叶就地倒了，又继续装满再喝。有一位经常推着小车。听妈妈说，他经常攒着一把糖哄那些野在院子操场上的孩子。还有一位老教授，总拄着拐杖，遛着一只老到大小便有点失禁的“腊肠”。这狗可惹人厌了，它会突然对着路过的人吠。他们的样子模糊地搅在一起。学院的功勋元老，每年会领到由院长亲笔批下的补贴，也总要面对敲锣打鼓后那一声不可挽回的死寂。有些时候，鞭炮声更像是对这种生前死寂的补偿，此时，它送走的莫非是他们中的一位？于我不熟悉的人，我是不会产生什么私人情感的；对那些我熟悉的人，我总觉得他们不会死，产生“我死了，他们还会活得好好的”诸如此类的情感。这让我想到了我所明白见识的那一道道尚未离世的光。我家人都长寿。在我人生这二十几年的狭小跨度里，他们都很健康。最老的爷爷回忆着抗联那会儿的枪炮声朝着九十岁去了。接下来是外婆，她带着年轻那会儿碰到的招魂的故事也奔八十五岁去了，然后是姥爷，再是奶奶，对了，我在三岁时还见过姥爷的妈妈，她是中医大师，还在用九十年前的土方给人“抓”病。时间对老年人来说像个无足轻重的错误。

其实，两年前，我第一次旁听过人家的死讯，那天，没有阳光，天空像个布满油垢的抽油烟机。又是个周末，归心似箭的我却像闯入者一样。那时，客厅坐着几个人，我记得有我的妈妈，还有一对夫妻，我的出现并没有给他们带来多少活力，又好像他们已沉默多时。等我回到自己的房间，才听见外面传来了女人的抽噎，那声音里还夹杂着只言片语，至今我还印象深刻。

“她不该这样的……她不应该就，把我们都抛开……对她来说，家人这么重要！”

接下来，是我妈妈的话，“今早过来的消息，去了院里才知道人已经没救了。”

“他们尽全力了吗？我想问问您！他们有没有尽全力？”虽在哽咽，她的声音仿佛也像握紧拳头一样。

“嗯，清晨江上的雾，让打捞没法顺利进行。所以……”

“所以，所以，他们没有尽力，他们没有尽全力……救……我的女儿！”她的音量达到一个峰值，又陡然淹没在哭声中。这时，那沉闷的声音又被什么捂住，应该是她的丈夫把她搂在了怀里吧。

“我也很痛心，喻晓是我大学带到现在的孩子，我也不明白她为什么说走就走了！”

“既然你是她的老师，难道不知道她一直以来都有抑郁症吗？”

原来是迟喻晓出事了，当时，我的脑子里就积木似的搭起了几个场景：

*微笑：*忘带钥匙的时候，都是她从妈妈琴房跑来给我开的门。每次她都会说："次数我给你记着呢！下次再不给你送了！"并且微笑。

*盘头发：*她会在每个学期结束的时候来我家，帮妈妈排下个学期的课时。她会把杂七杂八的表格在桌上摊开，有条不紊地比对着，一只手就够了，因为，她要腾出一只手盘头发。

*身高差：*师生音乐会的时候，我去后台，被她的演出服吓了一跳，我戏称这是拖地裙。裙子遮住了高跟鞋，高跟鞋缩短了我和她的身高差，一段有点让人难为情的身高差。

*《一首桃花》：*她在那天晚上第六个出场，出场后，场内稀稀拉拉地响起了掌声。当小提琴、大提琴奏响、她用一个手势轻松地划开这沉闷的气氛。这首歌是林徽因写的词，如诗如画，而她的声音就像那阵晚来的风，撩动那片桃花，仿佛无意揭开了什么，又不忍将它轻轻阖上。这是她留给我最最美好的记忆，舞台上的她和《一首桃花》。

迟喻晓成了片花，如果我是导演，我想我会把这片子剪成一段神秘却有点孤芳自赏的故事。可是，这片子终究只能在追悼仪式上放了，迟喻晓在那天清晨从桥上跳江了。站岗的警卫和一个捡瓶子的太婆都看到了这个若有所思的姑娘，看着她冲着江水发呆。于是，太婆继续弯腰找掉在地上的瓶子，警卫起先觉得奇怪，却因为站岗没有追过去询问。一辆清洁车缓缓驶过，正好挡住了警卫的目光，他决定暂时不去看这个姑娘。车子驶过，他再也找不到她，前前后后大概过了 5 秒。警卫还来不及意识到轻生的问题，她就凭空消失了，桥墩子很高，应该有个 15 层楼高？但是她很快落入江里，弄出的浪花在翻腾，却小到惊不起这硬邦邦的世界的半点儿微澜。

事发之后，妈妈被院里叫去谈过几次话。轻生这样的事，虽说只能怪自己一时半会儿想不开，可是，毕竟发生在学期中，妈妈是她的专业老师，自然被重点盘问。这件事，如果定性为教学事故，她也是会被停课调查的。于是，迟喻晓事件成了一场旷日持久的僵持战：当事人的父母先说要跟学校打官司，过了一个月，案子又撤下来了，应该是校方在从中努力斡旋的结果。就连私了的索赔金额，双方也几番争执。媒体当然支持家属，而家属的痛苦却很难抚平，好似继续扑腾几下是为了减慢下沉的速度。

这段时间很漫长，杂碎的事情切碎了所有人的好心情。报纸议论、电视节目议论、网络也在议论。学校里的人像是突然长出了几个心眼，变得比任何时候都小心谨慎、一切从简了。他们庆幸自己的安稳，安慰别人的过失，碰见议论的人就充个客观的立场，转身又继续低头生活。不过，也有人在背后戳脊梁骨，这也是听妈妈私底下说的。有人说，迟喻晓这么优秀，乐老师竟然一直不知道她的抑郁倾向。好学生谁都想利用，去巩固自己的教学地位。这话说得有点偏激，但迟喻晓在那会儿确实是妈妈最看重的学生，她的突然离去，也深刻刺激了妈妈对事业的信心。身体的坠落可以带给人死亡，精神上的坠落兴许比那样痛快地死去更难受……

（5）

似曾相识的感觉很容易让我们的心事回落，回落到最初的时候。儿子说的跳楼的事，放在从前，也就听之任之了，可是，从迟喻晓的那件事之后，乐老师总是会被诸如此类的消息刺痛。她从未模糊的那段记忆，如同她内心还没来得及向喻晓说出的话一样掷地有声："沿着楼梯走下去，世界会继续没完没了，可是，跳下去，这个世界恐怕就没了。除了你，也许没人能阻止它化为乌有吧！"于是，她的心徒然停留在那遥远的悲伤处。正当这阵情绪渐渐被尾随而来的简单生活再度覆盖的时候，她接到了一个来自陌生手机号码的短信，这是在她跟招办要求取消丽萍考试资格后的第三天。短信因为没有标点而显得有点波澜不惊："老师您还是放弃了我。"这一天正是学校出通告的一天。通告就挂在主楼的通告栏里，大意是考生某某因惯于偷窃，经招办讨论，已被永久性取消考试资格，后面跟着丽萍的名字和籍贯，颇有些杀一儆百的架势。

见到短信，乐老师猛然想起了她对丽萍的承诺，回拨了这个号码，关机；接着，她连续拨打翟丽萍之前的手机号，却也被告知对方不在服务区。过了一晚，第二天也一样。乐老师渐渐坐卧不安。当初丽萍是只身前来，除了笼而统之的地址，没留家里人的通讯方式，此时的她像是人间蒸发了。偏挑这个时候，迟喻晓再次出现在乐老师脑海里，想不到，她终于还是转回以前的马路撞上她；撞伤了，还要撵过去，这更让人心头一紧。可是，她没法抗拒，遭遇疑似雷同的事件，教人害怕重温以前失败的经验，使她不仅约略感到了重温的危险，也不再相信其他种类的经验了。因为，时间来了，事情不知不觉就过去，尚没有总结经验的人会因为这件事的特殊性而否认经验的必要。乐老师太相信自己的感觉，她觉得有些事就像是腮腺炎，一生只会碰到一次。

迟喻晓的嗓音很纯粹，在学院双选里，乐老师第一次听她唱歌，就听出了天边霞蔚的颜色，是点彩派的那种缤纷的抗争。当晚，她就把这种通感说给她美院教授的老公听，她老公给了她一个插科打诨的建议，说："修拉创立了点彩的绘画方法，通过一个个小色点来谋求对一种具体色的追求。每个点又都是对色彩趋向的一个暗示。想要在纯色的色坯上盖出色相变幻的房子，又要观者由近及远地感受到这种个体凌乱趋向整体和谐的精神，就需要在调色上下功夫。”

乐老师听不懂他在说啥，他已经这样子自说自话二十多年了。过了不久，她也在老公的路数里掺和了一把，想起她老公前几个月在市艺术馆办过的一个展，美其名曰“通感与心相”，展出的作品说是具有歌唱性的——和用电脑提取计算排列大自然的声音一样。他专门通过什么软件提取歌声里的颜色，把频率、波轨、气息、音色这些东西有规律地显现在纸上，使抽象的音乐变得具象。音乐不仅可感知，亦可被看见，看过之后，她一直觉得这是当代艺术的又一场纨绔把戏。不过，令人感到欢欣鼓舞的是，民族歌曲在这种无聊的把戏中受人追捧。它们所呈现的画作，被评论界称作“是世界音乐中最具观瞻性、最为复杂、也最动情的谱相”。在世界民族音乐之林，中国的艺术家们再一次表态，伟大不需要别人发现，只要被数度自我证实就行了。乐老师由此开始对声音的色彩产生研究兴趣，而顺利成为她弟子的迟喻晓或许是如何开展这个课题的关键所在。

后来，她开始了这项也许会令人兴奋的研究计划，拉拢丈夫的行动倒是挽救了他们的婚姻。各自圈子里都是能人巧匠，生活在一起却有点手足无措的两个人，现在终于找到了有别于性爱的另一个兴奋点，尤其在性爱业已成为例行公事的时候。同时，随着小茂的叛逆和独立，那点儿有关儿子成长无关紧要的共同关注也让位给了迟喻晓的“培养计划”。谁说夫妻之间不能开展颇具共生意味的合作？复杂喧嚣的现代家庭似乎可以衍生出众多实用性脚本，如果想让它们落到实处，我们也许应该在血亲和契约的关系上，加绑一条“合作研究”的纽带。乐老师看过一本书，上面总结说，“组建更多拥有共同爱好，或者在事业上互相补充的家庭，能够缓解家庭崩溃的思潮。”总之，现在的她觉得一切都在向上攀升。当然，儿子的成长也位列其中。

迟喻晓就像块瑞士名表，表盘上的指针缓缓走着，又时常需要校准。那份精细和耐心，让乐老师重新找到了她对于声乐教育职业的乐趣。普通的教育过程，需要教育者在为数众多有时相互矛盾的理论中找到一条奉为金科玉律，凭借对目标群体多年的考察，最终自成一体。一个颇具实证主义的过程；而乐老师的“迟喻晓计划”，是在审美层面上进行的教育开拓。她想要证实的不仅是听觉艺术和视觉艺术的神秘关联，还要阐发这种关联背后受教育者深层次的心理机制，用特殊的教学法引导迟喻晓的发声、开拓她的歌唱表现空间。乐老师定期带迟喻晓去老公的工作室进行声音色相绘制，通过对绘制出的图像的深层分析，将迟喻晓演唱的变化标在坐标系上，并参照坐标系结合乐老师的声乐教学法，对研究进展进行追踪。很显然，乐老师希望从声音色相的角度提出一个科学评估民歌的新标准，这对于教学法的改革兴许也意义重大。

但是，谁也不知道迟喻晓有忧郁症。这黑犬几乎缠绕着她全部的大学时光。乐老师靠在沙发上，心思如一团乱麻。这段回忆跟拔智齿一样让人为难。她空落落地盯着手机屏幕，上面还残留着因为焦虑而压出的指痕。然而，屏幕突然亮了，是丽萍吗？不，是她的儿子。

“妈妈，我碰到你那个学生了。她在门口音乐书店买书！”

“真的！帮我留住她，等我一下！”

“哦，好。”

有别于故事的故事系列之

捏起两粒煮熟的米

一脸憔悴的老约翰·克列门斯，这么多年来冰冻在长老教会不苟言笑的天堂，此刻俯身看到红头发儿子取得的成就，他定会倍感羡慕，同时也倍觉尴尬，难道不是吗？

——乔伊斯·卡罗尔·欧茨《克列门斯爷爷和天使鱼，1906》

1995年：

法庭决定将这个孩子判给被告当事人毕某，由毕某本人承担抚养孩子成人的全部责任。

那会儿，毕某只有两个想法，第一个就是冲过去掐死那位尊敬的审判长大人，另一个就是冲去原告席抢来那个婴儿，再朝他老婆的脸上狠命砸去。后来，审判长悠然退席，接着陪审团也是，法警的目光则玻璃碴似的散落在毕某的四周。直到他捏着拳头，垂头丧气地错过了实现第一个念头的最后那点儿机会。回家路上，或许更早些，他就已暗下决心，好好抚养这个孩子，让他像叼着他妈妈的奶头那样，因死嘬着倒霉的命运而误入歧途！让亚米契斯[1]和卢梭的教育论见鬼去吧！还有孔孟的那套把戏，他们指望把一个猪猡一下子变成一位绅士？还大言不惭地认为，为了培养一个绅士必须搭上父辈们自己的生活。也就是说，我们得围着他们转，他们受到屠夫的侵扰，我们就得舍弃买肉的便利[2]。我们需要满足他们必要的学习条件，没错，尽量全部满足他们这一张张难以餍足的嘴。这像话吗？所有以教育的力量自满的教育家们，都忘掉了一个尴尬的境遇，那就是，你眼前的这个孩子不是你的却判给了你。更大的危险是，你即将抚养的这个小畜生是你迫切想利落干掉的。毕某觉得，这个爱弥儿[3]的存在就像一颗嵌在他脑袋里的肉瘤。不过，法律似乎没有规定他该如何抚养这孩子成人。这是审判长们那些通透的脑袋无法考虑到的，因为，一旦脱离法律环境，暴露在人伦的空气下，他们的脑细胞就活不下去了。

---

[1] 埃迪蒙托·德·亚米契斯（1846—1908），意大利著名小说家，其著作《爱的教育》具有强烈的教育性。

[2] 孟母三迁中提道：“舍市，近于屠，学为买卖屠杀之事。母又曰：‘此亦非所以居子也。’继而迁于学宫之旁。”此处意在反讽。

[3] 为小说《爱弥儿》主人公，即卢梭假设的教育对象。

2025年：

我真不知道你为什么要把我安排在这不接地气的狭窄的机舱里，这会儿，它正在距离地面7000米的高空中以傲慢的姿态，舒筋展骨，而我，却局促在靠窗的座位。上飞机那会儿，我似乎觉得自己能轻易撑过一个半小时的飞行时间。可是我错了，是你偏偏让我尿急的。你故意跟我作对，你知道我只有一个肾，能装的水都可以用盎司来算。我打算起身，松开安全带，想让旁边的那位乘客注意到我有些急躁与笨拙的动作。可是，她并不打算搭理我，那张毫无血色的脸就像切割橡树时淌下的一条树脂。想必她正经历着痛经，细弱游丝的鼻息像是从气管盖儿的缝里溜出来的，谁敢轻易撬开，谁就可能会被一直压抑在她胸腔里的暴风吹回老家去吧。

于是，我又扣上了安全带，把自己的意图和难耐丢向窗外的云端。一朵朵干瘪的云散播在不均匀的黄色光线下，使我怎么看都觉得它们像是一块块被父亲拧干的尿布。大地上爬满了婴儿，每个人都有一块屁股帘儿，如果说人生是道快餐品的流水线，总有人要干换封套的活儿，那些人就是“父”[1]。他们把拧干的尿布向脑后的空中猛抛出去，任它被晒干；又随手扯下一块干燥的，换上……我只有一个爸爸，就像劳伦斯只有

[1] the Father或Holy Father，具有浓重的宗教色彩，其为基督教所相信的三位一体之独一上帝的第一位格。

他老妈一样[1]。我只有一个爸爸，他很爱我，把我养到二十五岁，然后，眼睁睁地看着我去了另一座城市。他总说命硬是为了让我尽量过好，就好像他关押着掌管我命运的神仙一样。眼下，我是在回家看望他的天上。我终于成了一位颇有些名气的作家，上了我们那儿的一档访谈节目。我那本惊世骇俗的作品——也是他的——像碗热气腾腾的饺子，被人端上了“子夜读书”。前几天遇到的那个羽毛球让我觉得该是“荣归故里”的时刻了，日子不全是他说的那样：命硬就尽量过好，就好像，尿也不能光靠憋着！憋着！憋着！

1996年：

毕某把这个孩子放在她留给他的婴儿床里，看着他。怎样怒视他，或是对他恶言相加都无济于事，因为他只有半岁大，接通世界的那套人伦在他眼里，通通不成立。除了判定眼前这个人全然为了取悦他而存在，无论毕某把眼睛瞪得有多大；在他面前晃荡的拳头，也许是告别的手势？是作为饿了的某种回应？活着，就为揭开那些拳头的奥秘？他的小嘴咿咿呀呀，那双小手也跟着捏起了拳头，没什么让他害怕的，只有毕某才会感到——恐惧：请不要轻易代表他说出最接近他内心欲念的

---

[1] 此处暗示英国著名作家 D. H. 劳伦斯对他的母亲莉迪亚 · 劳伦斯畸形的恋慕。他甚至承认自己曾和母亲串通一气，驱逐了父亲。

话。他深知，恨都是成倍增长的，就像眯瞪在一场固化的梦里，满眼都是仇恨的原色。他现在还是昏头昏脑，就像面团尚未成形，可是，谁知道若干年以后他会不会成为那个男人的样子？总之，这个正慢慢展开他混沌人生的婴儿身上，找不到半点儿毕某的影子。对毕某来说，他无疑是一个变体，一个被婚姻这枚本世纪威力最强的核弹头辐射后的变体。难怪他的头这么大，难怪他总有止不住的口水流出来，难怪他嘴里永远都在咿咿呀呀，咿咿呀呀！

毕某看着他，他再度想到判决书上说的他本人需要承担抚养孩子成人的全部责任，包括教育吧。传统意义上，教育就像是在一张白纸上写楷书，每个字都不能溢到字格外面，上下左右都要留出一点儿空间。他不满足于这种毫无凶险的教育方法，在毕某看来，教育的功用就是带着这个孩子落入成人世界的种种情绪中去，让他知道，在他面前捏拳头是为了表达仇恨，让他知道，儿子应该甘心承受长辈们施与的所有疼痛。他们需要恪守孝道，接受他们自打出生时就注定背负的十字架。当他看到，那张涂了米色水彩的脸上两颗浑圆的眼珠也正看着他，顿感如释重负，这才想到感谢法庭的判决了。这样的判决难道不是在给他报复的机会？人们总说孩子是无辜的，可为什么事到临头总忍不住让他们担负罪名？他们不是被教育成为复仇的工具，就会被长期视作罪恶的结晶。一枚枚凶险的拳头，会把大地砸出一个个倒霉窟窿。孩子们是拳头也是窟窿，不过，不会永远只是孩子；只有世界疼得歇斯底里。这世界属于婚姻沉重的背影，特别属于那些奸夫淫妇！

毕某乐在其中地想着，眼睛还是直勾勾地和他对视。这孩子是那淫妇的，男孩儿长大后会更像妈妈。现在看来，那对眼睛至少就和她一样。她是用那对眼睛盯着她的情人看的，也是用她那对疲乏到甚至能喘气的眼睛看着毕某手术后乏味的生活的。手术后，他只有一个肾，他给不了她想要的。虽然说，女人只有在自己丈夫面前懒于出卖色相，可是，她的要求也太多了。再说一次，他只有一个肾，另一个落入她的口袋中，在满世界的双人床上晃荡！他儿子有两个肾，而且，是对称的……

2024年：

为什么每天都有那么多新闻事件？有多少新闻事件是人们捏造出来的，就像当初女娲造人那样？在这些新闻中，弥漫着无数不幸的、像肉冻一样滑溜溜的名字：王甘露、李明、梭伦……我们无论如何都要把他们掖进前些天刚刚缝好的记忆口袋中，否则就会经历一场失败的社交。我也在被迫了解这些名字，恍惚中和人类社会这条庞大的蠕虫一齐上拱，愉快地更新着自己的直觉与感受能力。可是，那些语言的代号从来都让人头晕眼花。有一次，我参加了一个语言学的研讨会，当我想要表达小说里“陌生化”[1]对读者的不良影响时，但像成功人士叼雪茄那样，说出了“施华洛世奇”；后来看录像的时候，我为自己的错误而羞愧。我想，这比送情人一串项链，轻柔自信地说出“什克洛夫斯基”更让人难为情吧[2]。

悲剧在于我也成了新闻里的人物。我们那边的小报里隔三岔五就蹦出我的名字，一个让人赏心悦目的名字：毕史。这两个字以最为和善的姿势摆放在一起，构成了汉语发音中最具力度的回响。“毕”——“史”、作家毕史、学者毕史、天才毕史、特立独行的诗人毕史……小报上爬行着我，并通过确认我就是我而丰富我的存在，只是偶尔离经叛道。我不明白，爸爸当初为什么给我起这个名字，我记得，我问过他，在我离开家的前一年，我问他这个名字对我意味着什么？他的回答很利落，“意味着你是个活人”。我是个活人，一个拥有漂亮名字的活人，我的名字是世界衔住我的扣眼，如果放任它在世界里寂寞的话，我就不是个活人，我的人生也就意义尽失了吧。如今，每当我想起我爸爸的时候，我总觉得他是我的神，就像奥托对于女诗人普拉斯一样重要[3]。他给我生命撒上了一把把纯正的

---

[1] 由苏联文艺学家什克洛夫斯基提出的著名文艺理论，该理论强调在内容与形式上偏离常规常识，以造成语言理解与感受上的陌生感与新奇感。

[2] 世界著名水晶品牌“施华洛世奇”（Swarovski）与苏联文艺学家维克多·什克洛夫斯基的姓“什克洛夫斯基”（Shklovsky）拼写相近，此处讽刺即使伟大的名称也极易混淆。

[3] 指美国女诗人西尔维娅·普拉斯对其德裔父亲奥托·普拉斯的恋父情结。她将父亲比作奥林匹斯的山神，因为他的死，她曾一度尝试自杀。

味精，名字只是其中最大的那一粒。如果老天爷允许的话，我会把自己能够给他的一切都挖出来给他，如果他还要我的另一个肾，我也会马上给他，我也不指望再从他那里换来一本有用的册子。

那天晚上我又想到了他。一个雷暴雨的夜晚，我把车钥匙忘在了办公室，只好一个人猛冲进瓢泼的大雨。我费劲撕开眼前的大雨，心想，老天爷要不就是又在翻箱倒柜，要不就是正在经受电击。只见眼前熟悉的街道上下翻转着，一条条闪电划破天空，劈开我近旁一棵棵树，火星四溅，焦煳的气味把雨滴也变成了劈头盖脸的弹片。我从来没有吓成那样，我想我是要玩完了。离我最近的建筑物也在 50 米开外，我想匍匐在地，可是，这样我成为导体的可能性就会更大了。我冒着雨往前冲去，直到一棵树轰然倒下挡住了我，彻底让我绝望。就在这个时候，我看到了一个白色的物体，白色的，在焦黑中、无机中。一个羽毛球。从倒下的树上垂头丧气地掉下来的。在风暴里没有任何气色，连一点儿委屈都没有。我猜，它会是在那之前的某一天到树上面去了——一定不会超过一个星期，也许会是上个星期二，因为那天有一对父子在这附近打羽毛球。一定是球被打到树上去，弄不下来了;那个时候，他们换了一个球，继续打，就这么简单！当时，我只感受到这是爸爸在召唤我，一定是他想我了……

我侥幸逃过了这一劫，并且感觉到那个羽毛球就是一场关乎命运的博弈。于是，我打算买机票回家，给我一个机会，让我感谢他对我的庇佑吧。

1997年：

名字这玩意儿很有意思，这单纯的存在总能逾越它的本分。对毕某祖辈来说，它是一支灵验的灵魂护身符，有时让人感到它的无处不在、法力无边，有时又让人觉得它因持着特别的斋戒，在某年的几个段落里哑口无言。他们指望用名字给他们的人生提前做做法事，他们对于名字的态度和对待上帝、安拉这些偶尔丧失信誉的人类神一样：信则灵。只要满足于内心的召唤，这样的仪式会被他们倔强地坚持下去，就算一辈子并不走运；毕某的父辈对名字的态度却不太相同，他们把尊崇和内心的雀跃像饺子馅一样，兴致勃勃地捏进大一统的权力面皮里，然后，倒进煮沸的锅中。这些名字和政治总能扯上一点儿关系，正确的、健康的、光芒万丈的，以此象征着他们那个飘飘然时代里简单的构思与肥硕的自豪。

较祖辈们而言，父辈们更加服从他们的命运了。命运安排他们集会，他们就从四面八方扒在爬虫般的绿皮车外，汇集到一个大广场上，呼喊他们心中领袖的名字！这个飘在广场上空的名字很幸运，却和祖辈的名字是一伙的。因为，父辈们的那个年代里，服从变得具象化，它不再是那种无形的信仰，他们没什么杂念，除了认命，认命的同时肩负建设与毁灭的双重职责：破除祖辈们的名字、铲除那些过去的、浪得虚名的东西，建立一份实在信念的领空！毕某怀疑他们要不是发“春”了，要不就是“蠢”到家了，也就踩死两只臭虫的差异……

他也要给那个婴儿取名了，这个名字是他是否能率先掌掴他命运的关键。要不还是回头找找祖辈那套东西吧，也就是传统。你们相信《周易》[1]吗？就是金木水火土、金克木、土掩水那一套简单的命定论法则。那儿不存在摇摆不定的命运，就像占星术里说的，我们总能遥望到属于自己的那一颗行星的确切轨道。命运是“确切”的，你相信吗？毕某不轻信，你若是听到一个人说他不轻易相信什么，那他才是真信吧！

真的，毕某把婴儿抱去一个算卦的那儿了。那是一个很胖的人，却喜欢把自己拘谨在一张小桌的后面。他戴着黑框的眼镜，头发打着自然卷。最重要的还是他的一身唐装，唤起了毕某对于传统里稀里糊涂的志怪记忆。只是……

“用电脑算五行，准吗？”毕某有点搞不懂，在得到准信儿后，这才闭了嘴。

“这婴儿生辰八字，写在我的手上。”说着，胖仙煞有其事地伸出他有点浮肿的手，一支笔则端端正正地摊在那上面。等毕某写完了，他便转身，把那些卡在他肥手上的数字输入到电脑里。

[1] 是建立在阴阳二元论基础上对事物运行规律加以论证和描述的中国古代哲学书籍。

“这网站，准吗？”毕某又多嘴了。“准不准看算的人，电脑就是推个紫微斗数的排列！”胖仙说着把脸凑近屏幕，咂着嘴，这一串命运的数字对人这样新鲜的物种来说，是“确切”无聊的。

“啊，我知道了”，他用右手拇指揉搓着自己肥厚的下巴，嗫嚅着。因看见了别人所不见的而流露出优越感，这使他总要在话语里填入故弄玄虚的里子。“你看……呃……原来如此，他五行里土太旺了。缺水缺水！要卸土啊，否则命运不济。”

毕某以前倒是听说过五个元素的情况。那五大元素并存于大自然里，相互制约着，讲求着一种内在的平衡。汲取天地之灵的人当然也浓缩着这种整饬的内在秩序了，可是，毕某不明白，像命运这样具有强烈唯心色彩的东西，也能被自然这套逻辑推敲出来。此时，他没工夫多想，从兜里掏出一张钞票，没待胖仙转过脸来，就塞进了他的手里。

“有件事，请你想想办法。这小子。”他瞥了一眼那团还未化开的小肉眼。“我想给他一个充满挫折的人生。怎么不顺怎么来！”他正在打算把实话告诉胖仙，后者就抢先说了：“你这个要求真奇怪。人家都是怎么好怎么来……你这不等于害你自己的儿子吗？”

毕某犹豫了片刻。这片刻时间里，他的脑细胞触电似的活跃着，想到这不是他的儿子时，脑海里积木似的堆起法庭上的那些情景。仅仅持续了几个微秒之后，愤怒旋转的时间齿轮被一张艾里希·弗罗姆《爱的艺术》[1]中译版那花里胡哨的封面卡住不动了，那封面随即被淋得掉了色，只剩下光秃秃的一段段烫金字：父爱是有条件的……顺从是最大的道德……不顺从是最大的罪孽[2]。书页又给刮走了，一抹黑，让他感应到了自己内心的某个想法。

“坏的命运，可以让他变得比常人坚强！做父亲的可不能总把好事留给孩子。”他说了，好容易才让极速运转的脑袋喘了口气。

“你这个奇怪的爸爸。真没见过……第一次见到你这样的。”胖仙见毕某一副主意已定的样子，捏了捏手里的票子，说：“好吧，你想怎么干？以后他知道了没准会杀了你的。”

“按照你说的，他缺水，那就让他更缺！从名字开始吧？”毕某为自己理清了思路而暗暗高兴，不用说，他还很兴奋，这可不是屁股上感应到的一瞬间痛快的刺痛引起的，你我都知道，复仇开始了。

“名字里，要出现土。坤怎么样？”

“乾坤的坤？含义未免太好了。”

“奎？两个土。”

---

[1] 为德国著名心理学家、社会学家艾里希·弗洛姆（1900—1980）的著作，他认为如果不努力发展自己的全部人格并以此达到一种创造倾向性，那么每种爱的试图都会失败。

[2] 摘自书中第二章第二节“父母和孩子之间的爱”。

……

“史怎么样？毕史？通‘鼻屎’这个音，谐‘必死’这个音。”

“五谷轮回，为屎，土啊！好名字！你怎么想到的？”

在他们对这场猜字游戏即将丧失兴趣的时候，毕某的灵感算是在憋屈很久以后在茅坑上喷发了。这得感谢他脑袋里堆积的那些伟大人物腐败的语言残骸和漫布在都市里灼人的污言秽语。毕某觉得伟大和猥琐总是彻夜交杯，所谓的灵感，就是它们擦碰那该死的杯盏的时候生出的怪胎：混血、杂种、一脸死相，只是流淌着贵为思想的血脉罢了。

“还有呢？除了名字以外，还有呢？”毕某迫不及待地问着，面对眼前这个疯狂的爸爸，胖仙渐渐丧失他在宣判命运时的淡定。相反，他想见证这幕疯狂的膨胀，甚至不失时机地推波助澜。就像一个孩子，为了偷看强奸罪行的发生，而挖穿了墙壁。

“想到水，我想到了肾，肾者，水藏也[1]。为了让他的命运不济，要拿掉他的一颗肾。这从另一方面加重了他的土气。”胖仙找回了宣判命运时的口吻。

毕某瞬间变了脸色。

“你怎么知道我只有一颗肾？都怪它！”他感到自己的腰

[1] 摘自东汉许慎著作《说文解字》。

部沉甸甸的。脑袋又开始回顾那一场场同厄运的吻戏。

“何不等这孩子长大了，做个肾移植？你也缺水！”胖仙像冰柜里的火腿一样，持续冷却着。

“这孩子叫毕史。肾还没我指甲盖大，但是很新鲜，很完整。”毕某想着，嘴上却说，“原来我的背运都跟缺水有关啊。那次手术后，我什么都没了！”

“这么说，你像是要报复自己的命运，牺牲你的孩子！”胖仙的嘴巴尚在翕动。

“我只是希望他比常人强大更多，像我一样！”

自此，胖仙和时间都彻底冻在那儿了。

2023年：

他们肯定我的那本书，应该说，他们谁都肯定。某导弹部队艺术家协会里艺术家多得是，似乎导弹很难与吹拉弹唱、舞文弄墨扯上关系。不过，不要考虑这么多了，这里还是填充着像我这样有档次的作家吧。在会议上，像我这样有档次的就会被推出来发言，谈理论、谈实践。我有点忘了自己来这儿的原因，好像是莫名其妙地被热心的朋友提了名，然后被通知每周都要出面一次，讲些什么。

这栋楼没有我之前工作的编辑大楼和目前工作的“作家之家”办公楼漂亮。类似大使馆的设计，门和窗却开得很小，远远看去，像个制造导弹某一部分的废弃厂房。为了让人相信它目前的用途，协会负责人应该是在原来机床运走的空地上添了一张有着“加长林肯”派头的红木桌子，只可惜椅子不是配套的。说话的时候，回音大得惊人。我享受这样的时刻。那个时候，我声音圆润、头脑清醒，让自己的那些观点像沾了水一样，在这样夸张的音响空间里，上蹿下跳，留下脚印。看着那些有资格列席的行家，他们怎么可能会打瞌睡？他们的问题和角质一样多，一并怔怔地听着，甚至连眉头都不皱一下，也很像是在被人修脚。

后来，我厌倦了这里。这里总给人没有尽头的感觉。而且，我越来越讨厌协会里的人，他们也开始厌倦我了。虽然我不愿这么说。他们请来了新的行家，他们称他是新，倒不是因为我的想法保守，仔细听听，他的思想在很多地方同我唱着反调。他是个恋母倾向严重的人，我却自始至终强烈地坚信唯有“父”才知道那些正经的路，大部分母亲只知道去菜市场的近路。而且，对于教育问题，我反对他的积极教育法。我认为，父亲应该让子女经历足够的磨难，这样才能塑造他们坚韧和顽固的思辨力。他似乎很认真地阅读过那本我引以为豪的作品！所有的观点，都在故意同我相左……

无论到哪，我总能遇到这样的协会、联谊会或者沙龙什么的。他们谈论着伟大的艺术家，好像在谈论为他们接生的产婆。这只不过是一粒粒孤独的渴望，质数的孤独[1]。有这么一本书，但是，谁说合数们不孤独呢？除了倍数以外，谁又能数个明白呢？当然有人，他们具有这种热切的暴力。他们以集体主义的方式去拥抱、去拉皮条。他们就是那一簇簇花苞，只被一棵根系滋养，每一朵都愣头愣脑、无精打采。它们只相信一种颜色，一股脑地绽放，又一股脑地枯萎，或是被人一次性扯下来，弃在一个墓碑前。亲爱的毕史，这是你的墓碑，你难道不会觉得羞愧吗？

我还是本本分分做我“作家之家”的工作，这点儿外快捞不到也罢。在别人眼里，我在“作家之家”里的工作像是拣了个大便宜。其实，编写长篇报告文学是一项痛苦的差事，这么说吧，这份工作会让人丧失欲望。这里，不存在新闻的及时性，不会有胖妞痛哭流涕地说她失恋了，也不存在社会学分工明确的研究方法。什么都没有，除了书。翔实的资料是为了生搬硬套用的，写作就像是把一粒粒种子按照一定间隔种进一段足够厘清事实关系的日程里，我像是干这活儿的吗？

这些天，我心情压抑。朋友说我应该找个姑娘，这话让我不安。我害怕被她们看对眼。称作姑娘的生物，她们一个个靠近我，用香味让我觉得世界都变得轻飘飘的。我不愿记起的一幕，总能在我的头脑里自行拼凑。我没碰过她，她怎么会怀孕

---

[1] 为意大利新锐作家，粒子物理学博士保罗·乔尔达诺处女座，用于此处意在调侃，达到“死侃”效果。

呢？我实在有点害怕，不是只要站在看对眼的女人面前，就能唤醒她肚里的物种。总之，我有点闹不明白了。我像个呵呵傻笑的病人，被一只大手扇倒了。

其实，你有什么值得夸耀的地方？一颗和所有人一样扑通跳个不停的心脏说明不了任何问题，你有两坨不争气的肺——写作时抽个没完的烟让它们吃尽了苦头，一堆称不上对称的锁骨。还有，你的屁股也不对称，生殖器歪向一边。盯着右脚踝上曲张的静脉，还能替你的存在带来安慰，这至少说明，你的心脏在跳动，肾上腺尚在分泌，男性荷尔蒙把持着你的粗糙气概和幻听……就这样，你撞上一位姑娘，然后，和她吃饭、睡觉。让她知道你另一个肾光辉的去向？让她对你产生好感，又慢慢地冷淡？

1998年：

胖仙还不够，毕某还要回趟老家。据说，他老家关龙山上有座闭龙观，观里住着一个妖道。那妖道有一套巫术，可以碎掉某个人的大好前景。他朋友还跟他说，这人从不对外展现这套异能，只有月黑风高的时候，他会爬上暗阁，让道童撤掉梯子，才偷偷作法。

于是，那日，毕某就抱着他的毕史——多听听就习惯了——坐上了长途汽车，他的老家也确实应景地被一个传说塞进了深山里，那传说是这样自圆其说的：古时，这里曾经是片富饶的平原，后来有条邪龙从天而降把这儿闹腾得寸草不生。一个道士来了，终于用降仙石埋住了这条龙，这儿就成了深山老林。那座道观是当地人给这道士在深山老林里修的。这类传说，总是一根筋、兜着圈子发展，总是倒霉的魔遭遇灵验的道，劳动人民又总是逢祸就逃、见好就收的。毕某看看窗外的山，有种邪龙将出的恐慌。事实上，就连那福祉都由一个妖道打理了。不过话又说回来，如果那道观没有邪气，他毕某还来此处做甚？

车停在了两座山的缝隙间，人更像是被赶着献祭的牲口，呼啦啦下车了。毕某在站棚里看到了他老家的朋友，那人把辫子盘了个发髻，蓄着胡子，有着化整为零的定力。和毕某寒暄后，他目光就没从毕史的身上移开。到了招待所，那人吹起了胡子，“就是这孩子？”

“嗯。”

“一看便知是个反骨[1]的胎，到时候可要费大师一番功夫了！”

毕某想起了什么，在内兜里拣出个红包，边递过去边说：“也不知道带什么，大师确实要耗费精力，所以帮我买些补品，你看可以吗？”

---

[1] 此处指具有叛逆性精神气质的异端。

那人收了红包，手捏着它，寻着衣服口袋，找了好一通也没找到，就紧握到手里。说:“好办，我去办就行了。等我电话，就在今明儿两个晚上！”说完轻袖一拂，飘然走了……

不知道过了多久，毕某又开始盯着毕史，那孩子玩着床单，已经燃起了小小的意识。毕某很少对他说话，由此他对这个被称作世界的任何东西都产生了浓厚的玩耍热情。他对着影子说话、跟风扇做手势、和被子作战。如果没人对他说，人是怎么来的，他可能永远也不知道做爱是什么运动。一个彻彻底底耽于主观营造世界规则的人——作家不就干这事吗?

电话就这么没头没尾地响了。过会儿，毕某还没来得及吃饭。肚子空空地被那人带着走了一段沟沟坎坎的路，爬了一段山。路过的几个卖柿子的人，也都在急匆匆地收摊。那人只顾往前走，时不时回头看看。道路一抹黑，毕某觉得有去无回，心里升起一种好人坏人走着走着都会突然凭空消失的感觉，他们好像都能被大仙的手掌瞬间擦去一样。

终于，他们隐约看见了一座黑咕隆咚的大殿。几段阶梯过后，出现了“闭龙观”的匾额，进入大殿，里面暗黄的灯光戳着人的目光，和头顶上的蜘蛛网一并瑟瑟打抖。仙道朋友转头按下手掌，示意毕某在此静候，自己就倏地消失在偏门里了。毕某这会儿肚子很饿，无心研究正殿里的雕像是谁，心里倒是随了那个传说，觉得这应该就是那位造福一方的道士吧？总之，道士都一个样儿。他又向周围看看，看到了拜垫，想走过去放下毕史，这孩子居然没来由地号啕大哭起来。“嘘嘘……不要吵，不要吵，嘘嘘……”毕某乱了阵脚，又气恼地把他重新抱了起来，那孩子又突然不哭了。

“你看看，他果然害怕了。”黑暗中好像是雕像开口了。是太上老君！毕某下意识后退了几步，这才发现，是那妖道说的。他像是听闻了刚发生的一幕，这会儿走了过来。灯光下，他的道袍像被烤焦了一样，头发披散着，脸上落满了青斑，胡子倒是和手里拂尘上的兽毛一般模样。

“这就是我们的师父。”毕某的朋友倒是抢先开口，恭敬地等在妖道身后。

“容我点化他。”

妖道说着掸了掸拂尘，他倒是干净利落。“带上孩子，随我来……”毕某觉得这更像是梦里的欺诈行为，无知无觉，先知后觉，痛苦只能在生理上反映出来。不过，他还是过去了，他怀里的孩子又无预兆地睡了。

刚穿过偏门，毕某就闻到了一股书腐烂的味道。这时，头顶的光源被触发了，一只光秃秃的灯泡亮了，只照亮了环绕周围的书架的底层，灯泡打着闪，像是不愿被人在熟睡时唤醒一般。毕某踩着这片清淡的光亮，躲避着一见到光就没命往上撞的飞虫，心中产生了一股莫名的失重感。这时，他脑袋木鱼似的被什么猛敲了一下，里面回荡起各种声音：“我是个好爸爸”“我可以做个好爸爸”“如果，我有个好儿子”“为什么他不好呢？人一生出来就注定是不好的，就算他还分不清善恶？”毕某的脑袋纯粹被这灯光、飞虫还有焦虑搅作一团。这时，毕史成了一团棉絮在他手里轻飘飘地升腾起来了。毕某吃惊地看到这孩子凌空飞起，像一坨软绵绵的面团，趴在天花板上。随后，这孩子居然从在天花板上慢慢爬了起来，只见，毕某的脚下成了天花板，整个世界颠倒了？孩子踩着老子的天空，倒过来把老子引以为豪的世界瞧了个遍。“怎么回事啊！”毕某大喊了一声，只听那边哐当，“啊！！！”“帮帮我！！！”毕某继续喊道。“哎哟，帮帮我！！！”这一声击穿了屋里神经兮兮的空气……“喂，帮帮我！！”毕某继续喊道。

“帮帮我，我被梯子砸中了！我的骨头断了！”

毕某扶着书架，朝声音的方向挪去。在一个拐角处，看到了一团蜷缩着的黑影，旁边的两扇窗户都给木板钉住了。他的仙道朋友被砸了，梯子像是粘在天花板上的一只巨型苍蝇拍。“它倒下来，砸中了我，还是我被撞倒后从那上面掉下来，还是……”他疼得嗷嗷叫，没待坐定，梯子就哐当落到了他们的脚边。“孩子！”这是毕某瞬间的反应，他往灯泡那儿冲过去。发现孩子已不在天花板上，四下也没有。他急了，喊着：“毕史，毕史……”突然，哭声迸发了出来，空落落地充斥着整个房间。毕某急急地抬头搜寻，那孩子正趴在书架顶端呢。

毕某把梯子费劲地搬过来，把毕史抱了下来，便急匆匆地离开了那个书房，那座大殿。闭龙观就像一只黑色的口唇，一面念着巫蛊[1]，一面还露出善意的笑容。后来，也不知道绕了多少远路，抄了多少近道，毕某抱着毕史下了山，天边那会儿已被擦亮了一段。镇上的道路边，公鸡叫、猫叫、狗叫，汽车的警报器也在叫，吓得毕某东磕西碰，都顾不上喘气。终于回到了招待所，他胡乱整理了东西就要离开！还好，他真的离开了。

几天后，毕某接了个电话，如果他知道是他那个仙道朋友打来的，他绝对不会接。主要内容我相信各位也能猜出一二：那一晚，仙道朋友的腿折了，他实在不明白毕某为什么搬走了梯子，却再也不回来帮他们，害得妖道被困在阁楼一整天；不过，法做得还算顺利。就在毕某按下听筒时，他还在电话那头不断地抱怨着、抱怨着……

2022年：

那个姑娘坐在我隔壁，别以为我不知道，她常常在两摞高高堆起的资料间偷看我。她也是文化版面的一名实习编辑，芳龄应该三十二岁，大我五岁有余。

我想很快融入这样一个全新的工作环境里，所以，我努力工作，给人一副力争上游的印象，这也许是她看我的原因。我

---

[1] 即一种用以加害仇敌的巫术，包括诅咒、射偶人和毒蛊等。

的态度坚定，手术完成后，我虽然面色憔悴、尿频尿急，却意外地增添了某种阴柔男性的魅力。

我当然也会觉得不自在，但是我也原谅她的冒昧。因为，她也算长得利落干净。首先她皮肤很好，偶尔额头上长痘的时候，她会梳个刘海，刘海也随着她的发型经常变换，我怀疑她常用假发。我不太在意一个女人的外观，化化妆基本上偏差不大。最吸引我的是，她的眼睛。它们捕捉我工作时全神贯注的姿态和我神经兮兮的焦躁，乃至我早衰的生命征兆。我就暴露在她那双眼睛里，虽无公害，却又能感受到小小的危机……

来到编辑部的第二周，我们被组里编入了一个有关城市艺术节的专题里。可以想象，我们间要交流的东西一下子多了起来，不过，我还没有跟她真正说过一句话。我什么时候变得这么害羞了？在我之前声称害怕姑娘这个生物的两年前，我是会害羞的。那个时候，也就是这个时候，我是控制不住自己内心情感的。请不要狭隘地把这种情感理解为我对爸爸的爱，虽然它充填着我的生命。当初，爸爸给我的那本小册子，告诉了我恋爱这个东西。我以为他在提一个伟大的人物，后来我才知道，恋爱是女人蒙蔽男人的形式，你能捏住它，又捏不住它，你能感觉到它在轻易流失，又总觉得它充满你的全身。这么解释很像一个谜面。他还说，恋爱不利于父子关系的发展，把它当成是枚人生十恶不赦的勋章就行了。

这都是他说的，我在这里只管一头雾水地复述着。不过，这姑娘的出现却唤起了我内心的细微猜测。既然是枚十恶不赦的勋章，我倒要亲自掂掂它的分量！后来，即使一本正经地谈公事，她对我淡淡的情绪也常常引得我内心一片乱战。我们渐渐坐在一块儿吃午饭了，一起搭伴儿收集资料。让我印象深刻的是，我们在市中心广场见到了一个哭哭啼啼的胖妞，她那自称敏感的媒体直觉告诉她有新闻可做，便拉我一同过去。结果，几度诘问才逼迫那胖妞说了实话，她失恋了。也就是，她成功地蒙蔽了一个男人，“这有什么难过的？你经历了，成功了，而且成功地把勋章颁给了那个男人！”

“可是，他没觉得任何遗憾！你看他刚刚甩开我的样子……”胖妞边说着边哭得更凶了。

“我很同意我同事说的，感情这东西经历了也罢，没准他现在躲在哪儿偷偷地哭呢！”她看了我一眼，我明白了她的意思，大概是该脱身了。

“打扰了，别在这广场上哭，路人会误会的。回家自己好好想想吧。我们该走了。”

胖妞抬起了她的泪眼，问了句：“谢谢……不过，你们是搞传销的吗？”

我们匆匆地离开了，彼此憋着笑。

“你真会装，不过话说得漂亮。那是你的真实想法吗？”

“我爸告诉我的，这算是你的新闻？”

“你爸？那你自己怎么看？”

“我爸的看法就是我的看法啊。他说过，恋爱会影响父子关系……”

“你恋父情结啊？”她刚要打断，我继续说：“等等，这个也不一定。我没碰过恋爱，所以，自己没这方面经验。”

“你没谈过恋爱？怎么可能？！”她像是受到了惊吓。

“嗯，从来没有，我以为我和爸爸在一起生活就足够了。”我的回答又吓了她一跳。

“居然有你这样的人，你爸真是教子有方啊。”

我看，我们还是就此打住吧，后面她质疑了我爸的教育方法，还说了一堆有碍于父子关系的言论——果然被我爸言中了。如果是这样，是不是就可以说我和她已经恋爱了？没错，一周后，我们开始接受编辑部朋友们的玩笑。一次，大家说她这只老凤凰终于可以做场鸳鸯梦了，她居然轻轻地揪住我的领带，说：“是啊，只有他才能出现在我的梦里，嫉妒了？”我配合着笑了笑，准备迎接更加犀利的攻势。“那是，止不定你的梦怎样呢？人家可是二十六岁年富力强的小伙子！阳气重，你有福了。”说实话，我有点不明白他们这话暗含的乐趣。混沌时，她居然一把搂过我，说：“人家可是小处男，要善待！”这类闲话，总以讳莫如深的笑草草收场。

我以为，我们的感情会像城市文化节的工作一样，稳步推进。所以，很多时候我都是在被动地接受她的示好，也可能是，为了提防被她蒙蔽，我总要高高地翘起理性的辫子吧。

说来惭愧——当然，这种感觉很快同我擦身而过了——我没有一次主动牵过她的手，也没有给她买过礼物。一起看电影、逛街的时候，我几乎都在预演之前考虑过的那些动作。我以为这就达到了恋爱的目的，可惜，后来发生的事，让我难堪到最终选择了离开。

艺术节闭幕的那天晚上，我们在工作完成后，决定去趟酒吧文化节，这一次终于可以不带什么记者证了。没压力，组里的男男女女在那酒沫般的热情世界里，自然就无所顾忌地疯狂起来。那晚她喝得最多。我猜，她这么做是为了和这帮年轻人消除年龄上的界限。不过，就在她掀起外衣、露出胸罩的时候，我意识到，这代价也太高了。

“你的小壁虎，小壁虎，在等着你呢！”我什么时候成壁虎了？我自顾自地拿起酒杯，刚张口，就被她一把扑倒在沙发上，酒洒了一身。然后，她还按住了我的双手，用嘴巴吮吸我嘴唇周围的啤酒。我无法忍受，我的理智告诉我，这女人终于急不可耐地要恋爱了。一种恐惧感，就像啤酒从肚里倒抽出来那样，瞬间支配了我的全部行为。我做出了在他们看来不清醒，但我却认为是自己清醒得过分的事，那就是拔出了一只手，在她通红的、无知觉的脸上狠狠来了一下。我用的劲儿应该不至于把她掀翻在地吧，可是，那个时候，她确实气喘吁吁地扑倒在我边上，她的脸被披散的头发盖住，左边胸罩也滑脱了，另一边的肩带难道是我弄断的？

在场的人，除我以外都卡了机。当我想过去扶她的时候，她嗖地拔地而起，一巴掌朝我扇来，可惜离我的脸蛋还差小半臂的距离。她的酒精早就发作了，威力却不强，然后，她的那双眼睛直勾勾的，喘着气，继续抄起一杯满满的啤酒，和着被油煎过的愤怒，一并泼了过来。经过这个剧烈的动作，她的胸罩滑到了肚脐的位置，两只差别很大的乳房呈现出来。我推敲着：为什么女人左边的乳房，比右边的要小上一圈？

这件事到此为止吧，总之，她觉得我彻彻底底羞辱了她，何止颜面无存？听人说，她扬言要杀了我。结果，事发后的第三天。她便冲进办公室，当着主编的面大放厥词说，她怀了我的孩子，我却要把她踢开。说什么组里所有人都可以证明，我那天如何侮辱一个怀了孩子的女人的。她甚至还拿出了一份诊断书，上面有我本人的签名！我无话可说。我知道，那女人一定是在举办什么颁奖晚会，她手里招摇的那张纸，就是颁发给我的那枚十恶不赦的勋章。爸爸，这册子真神了！

我有口难辩，只好打包行李，一走了之。我躲得远远的，要把她和她所代表的女人忘得一干二净。这件事让我感受到了那本小册子的价值。我反复读了十几遍，冒出了一个想法，那就是，把它编辑发表。然后，我就像把一粒粒种子按照一定间隔种进一段足够厘清事实关系的日程里，把它整理成了一本书，没想到，这本书刚刚发表就引发了巨大的争议。结果是，我和我父亲一道——我代表他老人家——成名了！

再说一遍，我是毕史。我被介绍进了作家收容所——被他们称作“作家之家”。我的才华竟然挥霍到了闭上眼睛也能完成的报告文学上。不过，我的才华也确实在编辑我父亲才华的结晶上吧！

1999—2019年：

“养不教，父之过”“有其父必有其子”“子承父业”……当初说这些话的人会是谁呢？我们的历史讲究论资排辈，说这话的人，一定不是个女人——那个时候，女人大气也不敢出，他们做过父亲——却也不像是刚做父亲的。至于，他们教训的意义究竟大不大，我们不知道。总之，在他们的观念世界里，儿子的成功与否全赖父亲们的榜样作用——这是维系父子关系的前提。那么，能不能说，如果父亲不愿给儿子做这个榜样，甚至想故意反方向引导他们，那套传统道德观念就丧失约束力了呢？在同类成语里，毕某看到了“父债子还”这样的词语，它意在：父辈的过错累及子女，这让他有点失望，便在笔记本上将“父”改成了“母”。

后来，毕某在杂志上读到了一段文字：“这件斗篷就是父亲，是冬天黑暗的夜空。它的下摆一直伸展到非常遥远的地方，覆盖着犬子往来活动着的那块土地。犬子四处奔跑着，想要看到光明。可是，却不让他看到。这件巨大的黑色斗篷，无边无际地覆盖在犬子的头上，在漫漫长夜里使他认识到黑夜的寒冷。当早晨来临时，斗篷便坠毁在地上，以便让犬子的眼睛里充满光亮。所谓父亲就是这样！”[1]后来他找到了这句话的出处，是一位父亲对他的律师挚友说的，他刚刚把他正在策划革命活动的儿子交给了警方。毕某明白黑色斗篷的内涵——暂且不理会报复，除了教儿子应付命运的变数，更应该让他在独自面对世界前吃尽苦头。“比喻得不恰当些。”毕某写道：“在儿子独立面对现世与末日的审判之前，父亲的乐趣在于率先以私刑伺候他们。”

他像是捏起了刚说完那句话的作家[2]的烟蒂，又颇显失望地在他的另一本书里，听到了这样的声音：“父亲是这个世界上的苍蝇，这些家伙经常伺机利用我们的腐败。他们是一些卑鄙的苍蝇，满世界地散布着与我们的母亲交配的事。他们什么都干得出来，为着要守住他们建起的不洁的城堡！”[3]实际上，不洁的城堡究竟是谁建起的？毕某是在钻进被子以后才产生这样的领悟的：“孩子们被假象蒙蔽了，妻子在外惯于将丈夫作为遮蔽物，当这种习惯被逐渐带入到家庭生活时，孩子们便会相信，父亲什么都干得出来。其实，弱者更喜欢

---

[1] 摘自日本当代著名作家三岛由纪夫的长篇小说《奔马》。

[2] 指三岛由纪夫。

[3] 同样摘自三岛由纪夫的长篇小说《午后曳航》，说的是一位做水手的继父，因失去了继子所梦想的海洋的荣耀，而被孩子们密谋杀掉的故事。

嚼舌头。”于是，他在笔记本上满意地置换了“父亲”和“母亲”的位置。

毕某不知道这个极度矛盾的作家是否也同样遭遇着家庭的冷遇。但是，他发现，他也有一个小他十多岁的妻子，他和他的孩子并不亲近[1]。只是，他乐于强身健体，还组织了一个什么剑术协会[2]。这让他和他的妻子之间享有着浓烈的性爱过程？完事后，他会傲慢地抚摸着自己的腰间嵌入的两颗肾，直到对女人丧失往日的兴趣。毕某忘了自己究竟什么时候成为这位异国作家忠实的拥护者了。毕某在作家的那本性别报复的作品里，找到了更为原始的生存动机。故事说的是一个老作家利用一个年轻俊男，去实现他报复女人的计划。他把那个孩子当作子嗣一般教养，这其中的感情不只是慈父的爱，甚至在一开始就蕴含着强烈的情爱[3]。这又让毕某在他的最后一部作品听到了回音：同样是领养，老父亲教导养子，为的是改变他的生活，并将他带出英年早逝的命运。最终，养子还是死在了贪婪虚妄的新生活里[4]。

---

[1] 1958年6月1日，33岁的三岛由纪夫迎娶21岁的妻子平冈瑶子，后者是非常传统的日本女人。在外界看来，三岛的家庭生活非常和谐。可是，对三岛本人来说，安定的家庭生活难以滋养他的文学，随即导致了他对子女教育的漠然，并最终致使他选择用鲜血滋养自己的文字。

[2] 指三岛由纪夫在1968年组织的私人武装“盾会”，声称要保存日本传统的武士道精神并捍卫天皇。

[3] 此处指的是三岛由纪夫长篇小说《禁色》。

[4] 此处指的是三岛由纪夫的最后一部长篇小说《天人五衰》。

毕某觉得，去那个人的庞杂思想里寻求某种特定的含义，有悖常理。但是，他能感受到，父子间的裂隙里，却长出粗粝的枝干，透过枝干，他可以感受到强烈的父权的脉络。所以，我们把子女当作仇人一般的教育方法，实际上更加体现了教育的力度！正如那个人说的，父亲需要小心铸造子女的命运，让他们学会服从、忍耐，并对独立人格充满期待。

现在，他觉得自己不像是在报复孩子，而像是在重新确立自己的威信。他写道，“复仇的原因在于，我遭到了他妈妈的背叛，背叛的原因在于，当今社会父权思想的集体衰落。想想吧，要不是盖尔·鲁宾[1]、凯特·米利特[2]居心叵测的妇女优越论，要不是朱丽叶·米切尔针对那些老父亲提出了妇女受压迫的四个关键因素[3]——这简直把老爷子乔治·默多克[4]气得够呛，这世界上就不会多出那么多放荡女人的新鲜故事。曾经她们只会在某位同欲望一争高下的作家笔下出现。包法利夫人[5]、嘉莉妹

[1] 著名的激进女权主义者，著有《走向妇女人类学》，反对父权制、家长制，认为这是人类不平等的根源。

[2] 著名的激进女权主义者，著有《性政治》，认为妇女的从属地位不是经济压迫的结果，性别制度才是根本原因。

[3] 著名的社会主义女权主义者，著有《妇女，漫长的革命》，认为妇女受压迫有四个关键因素：经济地位低下、生育的负担、性的差别、儿童的社会化。

[4] 乔治·默多克（1897—1985），美国著名人类学家，于 1949 年提出构成现代家庭（universal residual family）的四项基本功能：经济、生育、性别和社会化。此处指默多克的这套传统家庭功能观念被米切尔称作压迫妇女的四个关键。

[5] 19 世纪法国批判现实主义作家福楼拜（1821—1880）同名代表作主人公，其不满足平庸的生活而逐渐堕落，最终自杀。

妹[1]、莫莉女士[2]，我宁愿她们都颤抖着，蜷缩在萨德侯爵[3]的鞭子下。对了，那位作家不也提出了什么女性萨德论[4]吗？那本书里的声音虽然都是那些香熏扑面的女人发出的，可她们还是在谈萨德侯爵嘛，她们的声音不得不附属于那个喜好咆哮与性虐待的男人，否则就要挨鞭子。现在呢？如果让女人尝尝鞭子的滋味，我们是会被告上法院的，没准还会坐牢。”

毕某每次总在即将呼吁几句的时候停笔，他也不知道自己在写些什么。这本小册子原先是为了记录成长日记什么的，现在，却成了毕某结构观念世界的地方。这本册子有必要让他儿子知道吗？他想：成长日记总是记录一些小感动，弥漫着母爱与和睦的良性循环——其中不一定都是些实话，是为了让孩子懂得珍惜和感激的价值。而毕某这本册子却传递一份消极、用心险恶、支离破碎的理念——就算说的都是些实话。毕某认为，在一个靠谎言获取美的时代里，实话已成为人们舌尖岌岌可危的幸存者，这样的境遇使他变得越来越捉摸不定，他在考虑是不是应该把这本册子给他的儿子。小册子一会儿被他锁在柜子里，一会儿又在他即将面对儿子的时候拿在手里。

[1] 为美国现代小说家西奥多·德莱塞（1871—1945）的同名代表作主人公，其为从社会底层登上上流社会，而逐渐堕落，虽达到理想，却难以拥有真实的幸福。

[2] 为爱尔兰意识流小说家詹姆斯·乔伊斯（1882—1941）的代表作《尤利西斯》中人物，利奥波德·布鲁姆之妻，为都柏林小有名气的歌手，性欲旺盛。

[3] 18 世纪法国贵族与色情小说作者，具有性虐待倾向。

[4] 三岛由纪夫在其话剧剧本《萨德侯爵夫人》中为了强化“女性的萨德论”，将每个角色都安排由女人来担当。

就这样磨蹭了二十年，之后发生了什么，你们是能预见到的：他把这本册子给了他的儿子，并将他儿子的一颗肾收入自己囊中……

2021年：

我要离开爸爸了，我和他住同一间病房，只要往左边稍稍扭过身子，我就能看到他的脸，他的眼睛却是闭着的。手术以后，我恢复得比他快，我看到白大褂在我们身边走来走去，他们收拾我们身上的管子、针头，让我们像之前那样侧过身去，揭开缠在我们腰间的纱布。

可能是摄入的药物有麻痹的作用，我的头还是晕晕乎乎的，眼里的世界显得苍白憔悴：泛潮的天花板、窗户像是结成了光的冰凌、融化了的白色把我团团围住。这世界最终在点滴瓶那儿找到了时间的表达，我能听到药液涌进我血液的声音，一滴滴时间，汇入我的体内，都急匆匆地流去了腰部空缺的那个区域，催眠那些疼痛、修复那些断裂的血管淋巴管。好像静静地回忆能使我从过往的那些伤痛里恢复，不过，我真的想不起来我遭遇过什么不测。

这些年，待在家里的我却从书本里认识到校园生活：那种写给少男少女的读物，美好、浮华、单细胞。它们告诉我，人会因为内心某一根毛细血管的破裂而沉默悲伤，也会因为小小的背叛而丧失某种生活的立场。它们告诉我男人是容易反思的动物，女人们的表现都还算出色，只是泪水成为她们自始至终的代偿。书里说得最多的还是，男人将女人抵在墙边，女人在两个月后就有身孕了。

新的人都是这样出现的，人类循环往复地经历着成熟的模式，生活不甚新奇。不要以为我什么都不知道，我知道发现好望角的不是麦哲伦[1]，我知道工业革命里有一个叫约瑟夫的人发明了抽水马桶[2]——我的腰又有些胀痛了，我知道，人类总是习惯用肉体去争夺理想，战争、竞技、劳动，还有性交——就是男人抵着女人那回事，他们也试着在思想上予以校正。古时的思想家向政治家提出了普世主义[3]，提出“仁”[4]的思想，但是，政治家和贵族们商量以后，却把这种思想功能割裂为像缩减军备、提高社会福利这样具体的改良主张。由此，人类思想的功用也被分割了。分割后的思想永远也敌不过肉体的腐败——而人类的心智始终受着肉体的支配。虽然，世界是枝繁叶茂了，可我并不看好它。我看好的世界要懦弱很多，它只需要有一颗肾就足够了，不用那么精力旺盛、那么野心勃勃。世界里的每一个人只用互相爱着、惆怅着并默默赞助

---

[1] 葡萄牙著名航海家迪亚士于1488年发现好望角。

[2] 英国人约瑟夫·勃拉姆于1778年发明了抽水马桶。

[3] 既代表活力又意味着稳定的普世主义原则是帝国的基本力量之一，它表明帝国应当平等地对待不同的人与民族。

[4] 由孔子提出的中国古代含义极广的道德范畴，指人与人之间互相亲爱。

着，就足够了。因为那样，我们的生活会有更多思想充气的空间，推倒那些广场上多余的商标，让哲学家们发表他们的言说吧！

后来，我醒了，醒来以后，我再一次确定了时间的点滴，还有腰部的痛感。转过身去，我发现爸爸不在那儿了。我内心隐隐产生了一种不安的情绪，便伸手按了呼叫器。很快，一位护士来到我的床边，她没来得及摘下的口罩还挂在耳朵上。

“我爸爸呢？”

“在抢救！”

……

2020年：

弥留之际，毕某再一次看到了胖仙和妖道，他们在那本小册子里的形象有点悬壶济世的感觉，可是，都生着一副獠牙。他的头脑里，突然回响起胖仙之前的那句话，“肾者，水藏也。为了让他的命运不济，要拿掉他的一颗肾。这从另一方面加重了他的土气。”当时，毕某就很兴奋地想到了做肾移植手术。不过，那要等到儿子的身体足够成熟的时候。所以，他等了20年。

20年以后，他用他的那本册子换来毕史的一颗肾。那时，他的报复心已经没有那么强烈，这么做更像是为了兑现一句曾经不经意许下的诺言罢了。他也不记得自己究竟有没有被推出急诊室，总归，他被推去了一个敞亮的地方，洁白的地毯挂满房间四周，像是妖道又在阁楼施法。想儿子的时候，他只消轻轻地丢下一个羽毛球，他就会来到天上。

2020年：

“爸爸、爸爸，我在。”

“我想我能感受到你活着。因为那本册子，就是我移交给你的命运。它帮助你获得了你想得到的一切便利。”

“也就是说，这不是我的人生？”

“没错，那是我的。”

“那我的呢？”

“我还没来得及告诉你，总之，你现在是我。”

“可是，我不是我自己，你的儿子不再是你的儿子。”

“只有你在这个世界上，没人知道我的故事呀。”

“可是，我知道。”

“或许，我们根本就是一个人，你想过，为什么非要分开爸爸儿子、妈妈儿子呢？为什么不能一家人共同享有同样的命运？如果仅仅只是承担生育的责任……？”

“爸爸，你不是告诉过我，男人站在女人面前就完成了生育吗？”

“对，是这样啊……那你就更应该确信一点儿了，你我就更应该是一个人了。”

“也对，爸爸，你说得对，我想我一直在表达你的想法。”

“谢谢，儿子，我想我一直在你的体内，替你观察……”